Le Dibbouk

Nouvelles

Gilberto Schwartsmann

Je dédie ce livre à mon petit-fils Daniel. J'espère que dans quelques années, il lise et goûte les histoires écrites par son grand-père.

LE DIBBOUK

Les discussions sur le Dibbouk apparaissent en Europe centrale entre le XVIe et le XVIIe siècle.

L'on y évoque le cas de personnes saines qui se voient posséder par des esprits malins dans des circonstances obscures et qui se mettent à adopter des attitudes étranges et à manifester des signes de dérèglement mental.

La cause en est l'influence malfaisante d'un Dibbouk, esprit du mal condamné à errer de par le monde en raison de ses antécédents de pécheur.

Les anciens juifs associaient la présence du Dibbouk à des catastrophes, des destructions, des conflits et des disputes familiales.

Pour pallier ces maux, il n'y avait qu'une solution : solliciter l'intervention d'un rabbin aux pouvoirs surnaturels, à l'occasion d'une façon d'exorcisme par lequel le Dibbouk se trouvait chassé du corps qu'il hantait.

C'était la seule façon pour sa victime de recouvrer une existence normale.

Au tournant du XXe siècle, un écrivain russe nommé Shloïme-Zaïnvl Rappoport écrivit une pièce intitulée *Le Dibbouk*, qui acquit une grande renommée au sein du public du théâtre en yiddish. Les contes russes et ukrainiens manifestaient la croyance en une jeune fiancée possédée par un Dibbouk, lequel Dibbouk était l'esprit d'un sujet mort à la veille de son mariage.

Quand on apprit que le Rabbin Aaron était mort subitement, tous furent choqués et surpris. Le rabbin semblait en parfaite santé. Il haussait si diablement le ton quand il voulait édifier les croyants et manifester son indignation devant les injustices de la vie…

Comme on avait trouvé son cadavre dans son appartement du fond de la synagogue, appartement où il dormait rarement, le doute envahit ses ouailles.

On commenta au cours des prières du Shabbat le fait qu'il avait été emmené chez le médecin trois semaines auparavant par un ami et que tous ses examens s'étaient révélés excellents : cholestérol, glycémie et même prostate et intestin. Il subit un électrocardiogramme et un test d'effort : «il se porte mieux que moi!», ricana le médecin au terme de la consultation.

On l'enterra un samedi, après l'apparition de la première étoile au ciel.

Une vieille raconta que le rabbin et sa femme se disputaient beaucoup : ils vivaient d'ailleurs dans deux appartements séparés. Elle était partie vivre avec ses quatre enfants chez une vieille bigote qui pratiquait le régime casher avec assiduité.

Un homme confia que le rabbin abusait un peu de la boisson, les veilles de Shabbat… il l'avait déjà vu boire un litre entier de vin rouge seul… Mais l'homme, ardent pratiquant, ajouta que rien ne prouvait pour autant que le rabbin fût alcoolique…

Le soir précédant l'enterrement, quand la dame de ménage eut trouvé le corps du rabbin dans l'appartement, déjà cyanosé, elle appela immédiatement une ambulance, qui ne mit pas plus de dix minutes à arriver sur place.

Le médecin qui examina le rabbin n'avait rien noté d'étrange : le salon, la chambre, la salle de bain, la cuisine ; tout était normal.

On avait juste trouvé une brique de lait à demi entamée sur le comptoir de la cuisine et une assiette contenant deux steaks aux oignons à peine entamés. Ceci à part, oui, tout était normal.

Le médecin indiqua que le protocole contraignait à emmener le corps à l'Institut médico-légal pour qu'y fût pratiquée une autopsie.

Néanmoins, comme il s'agissait d'une personnalité de marque de la communauté, on pourrait certainement obtenir rapidement un certificat de décès signé d'un médecin de sa connaissance.

Dans certaines situations, l'on se contente en effet d'une hypothèse létale : c'est ainsi qu'un des membres de la direction de la synagogue appela le docteur David, généraliste bien connu des habitués du lieu.

Alerté, David fut à son tour très choqué : le rabbin lui semblait pourtant en si parfaite santé!

Il n'hésita pourtant pas à venir aussi vite que possible : on parlait de pratiquer une autopsie, d'ouvrir le saint homme avant de l'enterrer?

À son arrivée, il s'entretint avec le médecin d'urgence et lui indiqua qu'il signerait le certificat de décès en évoquant un infarctus du myocarde; c'était là la cause la plus fréquente de décès chez les gens de l'âge du rabbin.

Il assura aux fidèles que dans dix pour cent des cas, la mort par infarctus était le premier signe de déficience cardiaque. Cela surprit, mais rasséréna. N'eût-il pas été dégradant d'emmener le corps à l'Institut comme s'il se fût agi de celui d'un indigent ou d'une personne sans proches? Certes, concédèrent les présents : ce n'eût pas été là respecter un être que tous chérissaient.

Et la messe fut dite : le rabbin fut enterré avec tous les honneurs que sa position exigeait et la vie reprit son cours.

Un peu plus d'un an après, on apprit que sa veuve allait se remarier avec un pauliste fort pieux, membre d'une famille d'origine polonaise très proche de la sienne.

Une dame raconta dans la synagogue que l'homme, représentant d'une fabrique de tissus de São Paulo pour les états du sud du Brésil, venait souvent à Porto Alegre pour son travail. Les fêtes du Nouvel An juif approchaient et l'épouse du rabbin n'avait jamais réapparu à la synagogue depuis la mort de son mari. Quelqu'un suggéra qu'on lui proposât de prendre part aux festivités avec son nouvel époux. On se réjouit par avance de voir de nouveau la jeune femme et ses quatre enfants dans le temple!

Vint le Nouvel An : tous furent en effet ravis de rencontrer la petite famille. Le fiancé était très attentionné avec la jeune veuve : elle semblait avoir fait le bon choix, choix qui, alléguaient certains, lui avait été recommandé par un célèbre rabbin de São Paulo.

Ils reçurent mille vœux de bonheur, des numéros de téléphone, des adresses, l'assurance qu'ils pouvaient compter sur tous : le couple n'allait-il pas s'installer à Porto Alegre que le nouveau mari ne connaissait que sous l'angle professionnel ?

Tout semblait pour le mieux, sauf pour madame Sofia Bronstein, une veuve de soixante-quinze ans dont le fils unique était propriétaire d'une fabrique de meubles de Fortaleza et qui vivait depuis longtemps là-bas.

Elle habitait depuis des années rue Felipe Camarão, dans le quartier juif de Bom Fim, à Porto Alegre.

Elle avait un curieux hobby, une manie, peut-être : elle passait son temps devant des films et des documentaires policiers qui relataient des affaires non résolues !

Cette passion lui était venue par hasard : elle l'avait contractée après que son fils eut rapporté d'un salon du livre *Le Chat noir* de Poe. Elle commença à le lire en préparant une soupe de viande et ne put interrompre sa lecture !

Dans le texte de Poe, le chat noir se bomme Pluton en référence au dieu grec des enfers, du monde souterrain, de ce domaine qui finit par alimenter le folklore juif d'Europe centrale et son imaginaire et où le Dibbouk figurait en bonne place.

Madame Sofia fut puissamment marquée par *Le Chat noir*, surtout après qu'elle en eut vu une version cinématographique où figuraient les terribles Bela Lugosi et Boris Karloff.

Ce que je veux faire ici comprendre au lecteur, c'est que si quelqu'un était susceptible de trouver des explications alternatives à des phénomènes d'apparence anodine, c'était madame Sofia.

Elle habitait un appartement sis au troisième étage arrière d'un immeuble situé au coin de la rue Castro Alves et de l'avenue de L'Indépendance d'où elle bénéficiait, depuis sa cuisine, d'une vue panoramique sur le voisinage.

Madame Sofia tirait son miel de l'observation du quotidien des foyers qu'elle pouvait observer.

L'un des logements qu'elle pouvait épier était celui qui avait été prêté à la veuve du rabbin à la suite de la plus sérieuse de ses disputes avec son mari. Elle examina avec soin le fiancé de la veuve lorsque les deux jeunes gens entrèrent bras dessus bras dessous dans la synagogue et la sensation lui vint de ce qu'elle avait déjà vu sa tête à lui quelque part.

Elle eut beau réfléchir, rien ne lui revint en mémoire.

Elle oublia l'affaire pendant trois nuits, mais la quatrième elle s'éveilla en sursaut : « Je sais d'où je le connais!»

Cela pouvait dater de deux ou trois ans : elle se souvint que quand la veuve, après avoir déposé ses enfants au Collège israélite brésilien, revenait avec ses courses dans l'appartement qu'elle épiait, elle avait le sentiment qu'elle n'y était pas seule...

D'abord, elle n'y avait pas pris garde, mais un jour, elle avait en effet vu un homme torse nu se pencher furtivement pour prendre l'air entre les rideaux de la chambre de la future veuve!

Elle acquit bientôt la certitude de ce qu'un homme partageait l'intimité de la chambre à coucher de celle qui était encore la femme du rabbin : le soir, la jeune femme allumait les lumières de l'appartement et elle pouvait suivre tous les mouvements d'ombres qui l'animaient. Elle y avait vu celle d'un homme qui ne présentait en aucune façon la silhouette du cher rabbin. Au reste, ce dernier n'arrivait jamais qu'après son office, à huit heures du soir passées.

Sans doute influencée par ses lectures et son addiction télévisuelle, madame Sofia conclut de toutes ses observations que la jeune veuve avait bel et bien fréquenté un homme en dehors des heures de présence au domicile de son mari et de ses enfants.

Comme on le voit se produire dans les enquêtes criminelles, Sofia eut tôt fait d'établir des « nœuds » entre les faits :

1. Elle savait que la femme du rabbin recevait un homme chez elle en l'absence de son mari et de ses enfants ;

2. Le fiancé de la veuve était l'homme qu'elle avait vu au balcon de la chambre à coucher, elle en était absolument sûre.

Notre « enquêtrice » ne put détacher de tout le jour ses pensées de l'affaire.

Le soir, quand son fils l'appela de Fortaleza, elle ne put s'empêcher de tout lui raconter. Elle lui fit promettre de n'en rien dire à sa femme qui allait sans doute penser que sa belle-mère était folle : imaginez, si ses soupçons en étaient venus à se confirmer, on aurait porté au jour l'assassinat du rabbin d'une des plus importantes synagogues de Bom Fim par sa femme et son amant, son futur époux ! L'une eût été la commanditaire du crime, l'autre son exécutant !

Le fils fut ébaubi du récit de sa mère. Elle ne lui semblait rien moins qu'une illuminée, qu'une dilettante : sa fréquentation passionnée des reportages criminels, ses longues nuits de lectures avaient tout au contraire engendré en elle de profonds changements et elles en avaient fait un être capable de produire des raisonnements sans faille, fondés sur des preuves solides.

Sofia demanda de nouveau à son fils de garder le silence jusqu'à ce qu'elle eût terminé ses investigations. Il accepta, mais n'omit point de lui dire qu'il était sous le choc : tout cela faisait incontestablement sens, il connaissait sa mère, elle était extrêmement physionomiste. Ne l'avait-il pas vu cent fois reconnaître dans la rue des gens qu'elle n'avait pas revus depuis des dizaines d'années ?

Le lendemain, elle résolut de passer devant la synagogue, comme si elle était en courses dans les parages ou qu'elle allât rendre visite à une amie. La vérité est qu'elle voulait voir si la femme de ménage était là. Elle fit mine de ne faire que passer, entra dans une boulangerie puis repassa lentement dans la rue Henrique Dias. Elle ralentit le pas en passant devant la synagogue et vit la dame qui balayait le patio. Ce n'était pas difficile : à l'époque, seules des grilles protégeaient l'édifice. Elle salua celle qu'elle connaissait depuis bien longtemps et lui demanda des nouvelles de sa famille et de sa santé. La dame interrompit son ménage, posa son balai et s'approcha de la grille pour entamer la causette : « parfaite technique d'approche ! », pensa Sofia en soi même.

On parla d'abord de tout et de rien, des petits-enfants et des douleurs lombaires de la dame.

Puis Sofia aborda avec subtilité la question du rabbin et de sa veuve qui avait amené avec elle son fiancé à la cérémonie du Nouvel An et l'avait présenté à la communauté.

L'air détaché, elle évoqua le choc terrible que cela avait dû être de tomber nez à nez avec le cadavre du rabbin, au jour funeste. La dame relata l'épisode dont Sofia ne retint que deux éléments : la brique de lait et les deux steaks.

En vertu des lois du judaïsme, la nourriture « Kosher », comme disent les juifs polonais, russes ou lituaniens (ou « casher », aujourd'hui), est celle qu'autorisent les lois religieuses relatives à l'alimentation.

Le mot « kosher » signifie « autorisé, permis », en yiddish, il dérive du Cacherout, le code alimentaire prescrit aux enfants d'Israël dans la Bible Hébraïque (je pose ici ces éléments pour la bonne information du lecteur sur l'importance des règles alimentaires dans le cadre judaïque le plus strict).

Je n'ai pas moi-même eu le privilège de lire la Torah, en particulier le Lévitique et le Deutéronome, mais je sais de ma grand-mère Clara que les prescriptions alimentaires y sont précises : ainsi, l'on ne doit pas mélanger lait et viande et ce qui vient des eaux ne peut être consommé que s'il possède écailles et nageoires, ce qui exclut tous les fruits de mer.

Les bouchers de quartier qui préparent la viande casher sont d'éminents experts : l'art de retirer tout le sang de l'animal, toutes les parties internes, avant consommation, exige une grande habileté, de même que le salage de la viande au gros sel qui la purifie.

J'ajoute que la consommation du porc est prohibée.

Tout ce qui porte contravention à ces prescriptions est dit «*treif*». Ma grand-mère Clara nous avait appris que certains emballages portaient la mention «*pareve*» qui indiquait la neutralité des aliments contenus au regard des combinaisons autorisées. Clara contribuait ainsi à notre culture générale, mais nous ne nous soumettions pas à ces règles. Si elle ne mangeait pas de porc, nous adorions tous en manger, pour notre part.

Le péché en quoi consiste le fait de mêler lait et viande ayant été rappelé, revenons à nos moutons et à la scrupuleuse enquête de madame Sofia, désormais fort aidée par les révélations de la dame de ménage de la synagogue, s'agissant de la «scène de crime», crime que rien n'attestait encore matériellement, mais dont l'idée commençait à prendre forme dans l'esprit astucieux et imaginatif de notre détective amateur.

Elle pensait : «pourquoi le rabbin a-t-il laissé une brique de lait à moitié consommée sur le comptoir, c'est dans le réfrigérateur qu'elle devrait être!» Mieux : «comment un rabbin peut-il avoir abandonné côte à côte des steaks entamés et du lait?»

Décidément, les informations de la femme de ménage revêtaient la plus haute importance en ce qui regardait les circonstances de la mort du rabbin.

À vrai dire, je me vois contraint d'ajouter ici un commentaire concernant Sofia…

Elle se rendit un jour à une consultation médicale dans une clinique voisine. Au cours de ladite consultation, le médecin lui indiqua que quatre points devaient être éclaircis avant qu'un diagnostic global pût être posé devant ses dérèglements stomacaux, des points bien bien objectifs, car il n'était pas douteux qu'elle souffrît : les examens l'avaient attesté.

Ce fut pour Sofia une véritable révélation dans le cadre de ses ambitions de criminaliste : elle comprit que les phénomènes attestés devaient être «déconstruits» comme singuliers pour qu'on pût parvenir à la détermination d'un foyer causal unique.

Il lui fallait, au regard de ce qu'elle avait appris du médecin, rassembler en une unicité la mort du rabbin, ses conflits conjugaux, sa tendance à l'alcoolisme, sa séparation d'avec sa femme, la présence de son cadavre dans les appartements de la synagogue, les images suspectes des après-midis de son épouse, le visage familier de l'homme de la fenêtre, la brique demi-vidée et les steaks boulottés du comptoir... Et c'est à quoi, éperdue, Sofia ne parvenait pas encore...

Elle se retournait dans son lit, l'expression triomphante du fiancé aux bras de sa future épouse en tête, cette expression qui l'incommodait au plus haut point...

Elle se disait : « voyons, un facteur humain est toujours la clé de ces affaires-là... il faut que je le déniche pour démasquer le coupable... »

Le visage souriant du fiancé l'irritait décidément... n'allait-il pas épouser la femme du rabbin, du cher homme si profondément respecté ?

Et cette brique, ces steaks, comment en expliquer la présence chez une victime si respectueuse de la coutume judaïque ?

Comment expliquer cette association si pécheresse ?

Il ne faisait aucun doute que le fiancé fût l'amant de la veuve depuis longtemps, mais il manquait à son raisonnement le facteur humain, l'erreur, l'erreur imprévue qui lui aurait permis de résoudre l'énigme de la mort du rabbin…

Le lendemain vers six heures, n'y pouvant plus, elle téléphona à son fils que l'heure à laquelle elle l'appelait inquiéta.

Il pensa qu'il lui était arrivé malheur. Elle le rassura : la mort du rabbin ne quittait pas ses pensées, elle ne trouvait pas le sommeil.

Son fils seul la comprendrait : il n'ignorait rien de sa capacité à résoudre les énigmes criminelles, elle les démêlait toujours avant la fin des films dont elle se repaissait.

Il conserva son calme et demanda à sa mère de lui indiquer le nom du fiancé et de lui en envoyer une photographie : il allait enquêter de son côté et, pour commencer, contacter un ami à lui qui travaillait au département des empreintes digitales de la police fédérale.

Elle fut ravie de la confiance que lui témoignait son fils. Il avait longtemps vécu avec elle et ne mettait pas en doute ses éminentes capacités d'enquêtrice.

Madame Sofia fit sienne la tâche de demander si quelqu'une de ses amies avait photographié la scène de l'arrivée des invités à la cérémonie du Nouvel An : « c'était un si joli moment », allégua-t-elle…

Une de ses amies les plus proches, madame Gladys, lui téléphona le jour suivant, l'informant que sa nièce avait fait de beaux clichés de la fête. Sofia demanda le numéro de la petite : peut-être pourrait-elle voir les photos et, qui sait, en faire des copies pour garder le souvenir de l'émouvante cérémonie !

Gladys ne suspecta rien et donna aussitôt le contact de sa nièce à Sofia qui, le jour même, examinait sur son canapé avec la petite les quelque cinquante photos de la synagogue en fête.

Elle scruta, scruta, scruta, jusqu'à rencontrer du regard, sans pouvoir dissimuler son émotion, une vue plein cadre de l'arrivée au portail de la synagogue des deux fiancés suspects et des enfants de la veuve.

Elle fit semblant de rien et demanda à la nièce de bien vouloir lui confier deux ou trois photos, dont celle-ci.

La petite ne l'avait pas plutôt quittée qu'elle s'en fut avenue Osvaldo Aranha où se trouvait un magasin de photographie qui pouvait réaliser des agrandissements. Cela ne prendrait qu'une minute, lui assura l'employé.

Sa montre ne marquait pas encore cinq heures quand elle se trouva au guichet de la poste sis à proximité de l'hôpital Pronto Socorro. La photo et le nom du suspect furent envoyés sur le champ à l'adresse de son fils à Fortaleza, dans une de ces enveloppes jaunes destinées aux envois rapides. Il ne lui restait plus qu'à attendre sa réponse.

Deux semaines plus tard, il lui téléphona et lui demanda de s'assoir et de l'écouter attentivement : l'homme de la photo avait fait l'objet d'une enquête dans l'état du Paraná, où on l'avait suspecté d'être lié à la mort d'un commerçant de la région. Il travaillait pour une entreprise dont il était le responsable des ventes pour le sud du Brésil. On le soupçonnait d'avoir été le complice de la femme d'un homme d'origine libanaise, propriétaire d'un magasin du centre-ville d'une bourgade, respecté de tous, qui avait été assassiné. On avait trouvé le corps de l'homme dans une petite résidence balnéaire appartenant à sa famille, où l'on avait coutume de séjourner durant les vacances d'été. Le sang de madame Sofia ne fit qu'un tour : elle demanda à son fils de poursuivre.

Il le fit : son ami du département des empreintes digitales de la police fédérale, que les faits relatés par le fils de Sofia avaient alerté, avait joint plusieurs fois le commissariat de la petite bourgade du Paraná où avaient eu lieu les faits et avait appris que l'homme de la photo avait été suspecté du crime. En effet, des voisins de la famille de la victime soupçonnaient qu'il eût une aventure avec son épouse.

Le plus étrange, ce qui attira l'attention des experts, c'est qu'on avait trouvé sur le comptoir de la cuisine où le corps gisait une bouteille d'eau-de-vie à moitié vide et un plat de kebbe crus, de kebbe qui n'étaient point d'agneau, comme c'est l'usage, mais d'une viande qui semblait de chien ou de chat…

Sofia manqua tomber de tout son long sur son canapé… Elle était veuve d'un homme très pieux qui lui avait tout appris des préceptes religieux touchant aux sacrifices des animaux, à leur consommation, à ce sang dont il convenait qu'il fût retiré pour la consommation des viandes, en un mot à tout le contenu sacré constituant la cacherout…

Elle se remémora sans presque y penser les commentaires de feu son époux sur les ressemblances et les dissemblances entre les règles alimentaires de la Torah et du Coran qui, lui aussi, se montre très rigoureux devant ses affidés en matière de prescription alimentaire.

La réglementation dite «hallal» de l'Islam en matière d'alimentation est très semblable au code casher : l'on y interdit la consommation du porc, du chien, du chat, de tous les animaux tenus pour impurs. Les règles d'abattage des animaux sont également extrêmement strictes et font l'objet d'un examen scrupuleux. De même, la consommation d'alcool est déconseillée dans la mesure où elle incite au mal. On prétend que cette défiance de l'Islam vis-à-vis de l'alcool est liée à l'addiction de l'oncle de Mahomet, Hamzah, mais la vérité est que l'alcool fut toujours considéré par l'Islam comme un fauteur de péché et, comme tel, interdit.

Madame Sofia ne maîtrisait pas pleinement les concepts de la psychiatrie, mais elle passa des jours et des jours à tenter de relier la mort du rabbin à celle du commerçant libanais.

Une chose était cependant attestée : le fiancé de la veuve du rabbin avait été là-bas, dans le Paraná, et il y avait entretenu une relation avec la femme du Libanais...

En outre, les deux morts avaient des points communs. Un documentaire avait appris à Sofia que 0,5 % à 3 % des sujets de la population mondiale, également répartis en son sein, présentaient un trouble de la personnalité consistant en une absence totale d'empathie et de remords qui les conduisait à ne pouvoir contrôler leurs raptus.

Sofia se souvenait des films où sévissaient ces

psychopathes… de *Psychose* d'Hitchcock, de 1960, avec Anthony Perkins, des *Nerfs à vif* de 1962, avec Robert Mitchum, réinterprété en 1991 par Martin Scorsese avec Robert de Niro…

Sofia, riche de sa culture télévisuelle et des informations reçues de son fils, comprit, après des jours et des jours de macération, que l'unique manière de résoudre l'énigme qu'elle voulait affronter était de suivre les recommandations du médecin qui s'était penché sur ses symptômes stomacaux : il lui fallait débusquer la cause unificatrice dissimulée derrière la multiplicité des données objectives.

Elle se munit de feuilles de papier et d'un crayon et fut s'assoir dans son salon pour rassembler les pièces de son puzzle.

Le rabbin et son épouse s'étaient séparés. L'époux s'était mis à boire bien au-delà de ce que la Bible concédait dans le cadre cultuel. L'épouse, Sofia l'avait vue en compagnie d'un homme dans sa chambre à coucher. L'on avait trouvé le rabbin dans ses appartements du fond de la synagogue en pleine journée. Une brique de lait et deux steaks avaient été trouvés sur le comptoir de la cuisine. Le rabbin ne courait aucun risque médical. Peu de temps après sa mort, sa veuve s'était montrée aux célébrations du Nouvel An aux bras de son fiancé, ce fiancé que Sofia avait surpris à sa fenêtre. Voilà pour la première feuille.

Seconde feuille, le Paraná : un commerçant d'origine libanaise périt dans des circonstances étranges. On retrouve son corps dans un appartement de vacances. La famille évoque une aventure entre notre représentant de fiancé et l'épouse du mort.

Madame Sofia le savait : elle ne faisait pas fausse route. Il ne lui manquait plus que le lien, le lien, la cause unique, la cause unifiante, le premier principe...

Ce que le lecteur ignore, c'est que Sofia a depuis des années, plus de trois ans, négligé sa santé... à dire vrai, elle n'a pas vu son médecin depuis le fameux jour de sa leçon involontaire de causalité... elle ne s'est soumise à aucun de ses examens de routine... elle n'a accordé aucune attention à ses problèmes chroniques de pression artérielle... à ces problèmes qui affectent les obèses et les diabétiques comme Sofia...

Et voilà : Sofia est morte d'une crise d'hypertension devant un film d'espionnage, elle est morte toute seule dans son canapé. On en a informé diligemment son fils quand on a constaté son décès, alerté par le fait qu'elle ne fût pas sortie faire ses courses quotidiennes...

Au fils, on ne reprochera pas, la distance et les devoirs familiaux l'en empêchant, d'avoir poursuivi l'enquête de sa maman ; mais si madame Sofia avait vécu, elle eût sans aucun doute découvert le lien unissant en un fait tous les faits touchant à notre histoire.

Edgar Allan Poe, l'auteur du récit qui avait tant marqué Sofia, aurait sans doute conclu que les deux antiques religions que sont le judaïsme et l'Islam ont coutume d'être impitoyables à ceux qui trahissent les vœux qu'ils font en leur nom, ces vœux du rabbin, par exemple…

Ceux du Libanais, aussi : n'était-il pas un musulman fidèle ?

Le sombre Poe résoudrait sans doute notre énigme en deux temps trois mouvements : le rabbin, le Libanais, étaient des apostats, des apostats de la brique et du steak, du kebbe de chien ou de chat, que poussa au suicide un ange vengeur — Poe ne nous a-t-il pas enseigné à ne pas sous-estimer le pouvoir des psychopathes ? — . Et ces maris ne méritaient-ils pas en sus de mourir, eu égard de leur lourd péché d'alcoolisme… ?

Si elle était de ce monde, madame Sofia conclurait comme lui que le coupable est ce fiancé tout sourire de la photo du Nouvel An juif, ce fiancé au bras de la veuve du rabbin, ce fiancé qui s'y moque de nous, ce fiancé qui a su disposer dans la cuisine de ses victimes le fruit défendu, accélérant l'effet du péché d'un peu de poison ou pas, qui sait…

Il n'y eut pas d'autopsie, ceux qui croient ont horreur de cela : Dieu est seul juge de la mort des siens.

MADAME RIVKA

À la fin des années 70 vivait rue Fernandes Vieira, entre les rues Vasco de Gama et Henrique Dias, à Bom Fim, quartier juif de Porto Alegre, une vieille dame polonaise que tous connaissaient : Madame Rivka. Quand je la rencontrai, elle avait presque 80 ans. Elle allait par les rues du quartier, la main gauche crispée sur le pommeau de sa canne en bois au bout en caoutchouc. Ses enfants faisaient tout ce qu'ils pouvaient pour la protéger des chutes et des accidents dont les personnes âgées peuvent être victimes, mais rien n'y faisait. Ils insistaient : il fallait qu'elle fût accompagnée, mais non, décidément, elle s'y refusait. C'était une femme indépendante, elle n'était pas de ceux qu'influencent aisément les conseils d'autrui.

Si je connus personnellement cette dame, c'est

qu'elle était une chère amie de ma grand-mère Clara, laquelle avait pour elle le respect de prix d'un être extrêmement critique et sélectif.

Madame Rivka était une femme très spéciale, un leader né : pas une vieille juive du quartier qui n'eût soin de la consulter avant de prendre une décision d'importance.

Durant mon enfance, si je me souviens bien, plus de dix mariages furent le fruit de ses recommandations. Si l'un des fiancés ne lui convenait pas, Rivka ne se faisait pas faute de le dire tout bonnement, mettant à bas le projet de noces. C'était en somme une sorte de référence morale pour les juives les plus âgées du quartier.

Oui, au moment des grandes décisions, son aval était requis. Elle était aussi celle qui, en cas de coup dur, dispensait des pratiques cultuelles. Je me rappelle que ma grand-mère avait évoqué le cas d'une amie qui avait été demander son avis à Rivka : elle ne pouvait pratiquer le jeûne de Yom Kippour pour raisons médicales, que faire ? On allait jaser, à la synagogue...

Rivka la dispensa du jeûne : elle était ce qu'en politique on eût nommé un «conseiller», un de ces êtres d'exception dont l'influence est de nature à déterminer le vote de toute une communauté...

Une nuit d'hiver, la fille d'une dame du quartier s'en revenait du travail. Un vent glacé courait rue de l'Indépendance.

Elle se trouva nez à nez avec un homme dont le visage était d'un loup. Selon elle, il était couvert de poils et sa forme évoquait un chien. Elle entra bien vite chez elle et ferma sa porte à clé. Le lendemain, elle raconta l'incident aux siens, qui ne la crurent guère. Deux nuits plus tard, une autre femme du quartier entendit des bruits étranges au beau milieu de la nuit. Elle ouvrit sa fenêtre et vit un animal à corps humain courir dans la rue Fernandes Vieira. Elle appela son mari, mais quand l'homme l'eut rejointe à la fenêtre, il ne remarqua rien de spécial.

Plusieurs dames du quartier eurent successivement cette vision, mais pas leurs maris, quand bien même ils eussent examiné la rue au moment même où leur épouse y voyait une bête, un monstre… On finit par se dire que l'apparition n'atteignait que les femmes…

Madame Rivka eut vent du fait et conserva un sang-froid parfait : c'était ou bien l'affabulation de désœuvrées ou bien, ce qui eût été plus grave, l'apparition du Dibbouk à Porto Alegre…

Madame Rivka n'ignorait rien du Dibbouk : elle venait de la province polonaise où, comme partout en Europe de l'Est, on croyait à l'existence de ce démon errant qui, depuis au moins quatre siècles, apparaissait régulièrement aux habitants, les terrorisant.

Nul démon, la plupart du temps : des détraqués qui vaguaient par la campagne ou par le bourg…

Mais enfin il fallait appeler le rabbin, et pas n'importe quel rabbin, un rabbin doué de capacités médiumniques qui pouvait pratiquer l'exorcisme nécessaire, le *gilgul*, par exemple, une forme de migration spirituelle, et rassurer les âmes tourmentées.

Un jour, maman m'emmena à un spectacle consacré au Dibbouk au vieux Club de la Culture, rue Ramiro Barcelos : j'en perdis durablement le sommeil, j'étais terrorisé à l'idée que le Dibbouk pût venir hanter mon corps.

Selon madame Rivka, nulle possédée dans le quartier : pas de crime sans cadavre, si on avait vu la bête, c'est que bête il y avait, il suffisait d'attendre, de donner du temps au temps, et on la reverrait passer. Et si l'affaire était l'œuvre de l'hystérie féminine, on l'oublierait bien vite.

S'il s'agissait bien du Dibbouk, il ne laisserait pas en paix le quartier et reviendrait assurément terroriser les habitants la nuit. Serpent biblique, bouc d'Aaron, dragons : judaïsme et christianisme accordent une place de choix aux avatars du démon.

Bar João pour les hommes, marché pour les femmes : tous causaient Dibbouk et se demandaient qui l'esprit malin allait bien pouvoir hanter. On pariait beaucoup sur le grand-père d'un ami à moi, une terrible pince qui n'ouvrait jamais son porte-monnaie à la synagogue. On misait aussi sur la mère d'une dame juive dont la famille s'était enrichie en vendant des meubles avenue du Président Roosevelt et qui persécutait avec ses reconnaissances de dettes jusqu'à ses proches ; celle-là était «dure comme un Dibbouk», assurait telle fidèle de la synagogue des Polonais, rue João Teles, au coin de la rue Cauduro, évoquant une jolie jeune femme qui avait quitté mari et enfants. Chacun avait son idée, en somme, et voyait en qui l'avait offensé ou lui devait des comptes le possédé à venir.

Un vendredi, les prières du Shabbat terminées, on célébrait des fiançailles dans la salle des fêtes de la synagogue du Centre israélite de la rue Henrique Dias. Musique, nourriture et bon vin ne manquaient pas, l'on était environ cent cinquante, la soirée ne pouvait être plus agréable. C'est alors que la femme de Maurico le ferrailleur, un colosse de presque deux mètres, fit irruption dans le salon en pleurs. Elle était sortie prendre l'air et avait vu un être monstrueux dans le patio. Il avait une tête de loup et un corps d'homme! Son visage, ses mains et son cou étaient couverts de poils! « C'est le Dibbouk! », hurla un des invités, « C'est le Dibbouk! », reprirent les autres.

Quelques intrépides partirent en chasse du démon : quatre rue João Teles, trois rue Fernandes Vieira. Les autres restèrent dans le salon pour apaiser femmes et enfants.

Le voisinage parut à la fenêtre, on vit des gens sortir en pyjama, des femmes en robe de chambre, avec leurs bigoudis… on n'aurait voulu pour rien au monde manquer la chasse au Dibbouk!

On entendait les commentaires les plus divers, chacun avait sa version de l'épisode, le portail de la synagogue se mua d'un coup en un vrai mur des Lamentations! On vit même poindre une dispute entre deux femmes dont l'une suggérait que le Dibbouk était l'apparition de la grand-mère de l'autre, une vieille égoïste! Deux hommes en vinrent presque aux mains : l'un deux avait jugé plaisant de voir le Dibbouk dans l'amant de la femme de l'autre, amant dont apparemment, personne n'ignorait l'identité!

Au bout de quinze minutes, pas davantage, on vit les quatre chasseurs de Dibbouk de la rue João Teles revenir en traînant de force un homme tout à fait dégoûtant, en hardes, terriblement barbu. On les laissa passer et ficeler l'individu dans la cuisine sur une vieille chaise avec des nappes et des serviettes. L'employé de la synagogue appela la police.

Le rabbin allait et venait : il ne savait rien du gilgul… sa formation s'était limitée à l'apprentissage des techniques qui permettent d'apaiser les hystériques, il ignorait tout de l'exorcisme…

Mais on avait demandé à madame Rivka de venir : tous retrouvèrent le calme. Elle apparut cinq minutes plus tard dans un silence général.

Elle fut tranquillement dans la cuisine où la créature ligotée attendait sans ciller.

Elle fit signe qu'on voulût bien sortir et s'enferma avec le monstre.

Dix minutes plus tard, elle sortit, gagna le salon et dit posément en frappant le plancher de sa canne : « pas de Dibbouk, c'est juste un *schleper*. »

En Europe centrale, un schleper est un sans-abri.

Elle s'adressa au rabbin : « Rebbe, il s'agit maintenant de montrer que nous sommes des *mentshen* et de faire une mitzvah pour ce pauvre garçon ! »

Elle s'adressa aux deux fiers-à-bras qui s'étaient disputés : « allez donc le détacher et trouvez-lui une serviette et du savon ! »

Puis elle se tourna vers les deux femmes qui s'étaient querellées sur le perron et les pointa de sa canne : «préparez une assiette et un verre de vin».

Du haut de son autorité d'octogénaire, de témoin des pogroms de Pologne, de femme bronzée à tous les malheurs, elle accueillit l'esprit de Freud et dit : «Vous savez où il est, le Dibbouk ? Dans votre tête!»

Chacun comprit alors d'où venait l'immense respect dont jouissait madame Rivka dans la communauté.

Elle se leva et quitta le salon appuyée sur sa canne.

À cet instant, elle ressemblait à Moïse divisant les flots de la Mer rouge pour guider son peuple hors d'Égypte.

Jusqu'à ce que son ombre eût quitté l'entrée de la synagogue, nul ne songea à bouger d'un pouce.

Ses vieilles féales juives de Bom Fim quittèrent à leur tour la salle des fêtes puis tous après elles, tête basse, dans un silence embarrassé

MADAME MAIKE EST POSSÉDÉE

Ce que je vais relater ici s'est produit vers 1970. Je devais avoir quinze ans, quelque chose comme ça. Maman rentra à la maison et indiqua à ma sœur qu'elle ne pourrait pas l'accompagner choisir du tissu en ville ce jour-là. Elle devait s'occuper d'une affaire infiniment plus sérieuse. Ma sœur lui demanda la raison de ce qu'elle jugeait une forme de trahison et maman lui répondit, agacée, que Madame Maike était de nouveau possédée par le diable. Il avait fallu cette fois la force de trois de ses voisins pour la contenir, le propriétaire de l'entrepôt compris, un Allemand de presque deux mètres !

Il n'y avait rien d'autre à faire. Yossel, le mari de Maike, lui avait demandé de l'emmener consulter son dernier recours. Maman demanda à madame Cécilia de l'accompagner : elle connaissait l'adresse, quoiqu'elle n'y fût jamais allée pour sa part.

Quand Maike ou une autre vieille dame du quartier de Bom Fim perdait le contrôle de son for intérieur, quand toutes les voies scientifiques modernes étaient épuisées, il ne demeurait qu'une solution : l'appel aux services de « la Polonaise », madame Mime.

J'eus le privilège de la rencontrer il y a quelque cinquante ans, comme je me promenais avec papa rue Lima et Silva, dans le quartier de la Cidade Baixa, à Porto Alegre. Papa me pinça discrètement le bras et me dit à l'oreille que la dame que nous venions de croiser était une ancienne prostituée juive capable de cures miraculeuses. Elle était, disait papa, « bien plus efficace que les toubibs ». Il ajouta qu'elle avait autrefois dirigé un bordel bien achalandé, ce qui ne devait rien au hasard : Mime s'était au fond illustrée toute sa vie « côté dinguerie », ironisa papa.

« La Polonaise » était venue de Buenos Aires à moins de vingt ans. On disait qu'elle avait été très belle. Selon papa, elle avait des cheveux roux bouclés et des taches de rousseur. Oui, selon les canons de beautés de l'époque, elle était d'une très rare beauté. Certains hobereaux de province la trouvaient d'ailleurs si belle qu'ils la surnommaient

« la Française » ! La rumeur voulait que Mime eût été emmenée à Porto Alegre par l'un des maquereaux de la *Zwi Migdal*, la mafia des juifs d'Europe orientale qui pratiquait le proxénétisme aux dépens de filles de Pologne, de Hongrie, d'Autriche, de Russie, etc.

Ces voyous étaient experts en l'art de berner les gens simples : ils s'invitaient chez eux, promettaient des visas pour le Nouveau Monde, des mariages au bout du monde et de l'emploi américain, au nom d'une association d'émigration. Rien de tout cela : ils pratiquaient la traite des blanches.

Par crainte des pogroms de cosaques ou de criminels de droit commun, nombre de parents confiaient le sort de leurs filles à ces malfaiteurs qui les emmenaient en Argentine ou au Brésil. Je ne sais si le lecteur connaît Alexandre Kouprine, un écrivain russe du début du XXe, l'un des membres, avec Gorki, Tchekhov, d'autres, du cercle littéraire et éditorial *Znanye*. C'est lui qui a écrit *Le Duel*, *Le Bracelet de grenats*, d'autres passionnants romans et nouvelles, bref.

Dans un récit intitulé *L'Offense*, il décrit avec ironie une bande de criminels de droit commun qui cherchent à faire valoir leur innocence auprès de la justice d'Odessa alors qu'ils sont accusés d'avoir participé à des pogroms, en réalité l'œuvre de policiers et de lâches ordinaires. La visée de l'auteur est de montrer sur le mode satirique que même pour des bandits, la participation à des pogroms constituait une marque d'infamie.

Quoi qu'il en soit, « la Polonaise » était de ces jeunes filles que le proxénétisme avait arrachées à la misère et à la terreur antisémite.

Elle entra en Argentine munie d'un faux passeport, en tant qu'épouse d'un bandit russe nommé Grigori Shtern, le parfait homonyme du commandant en chef des troupes russes défaites lors de la guerre russo-japonaise de 1904-1905 pour le contrôle de la Mandchourie, de Port Arthur, de la péninsule de Liaodong et de la Corée, qui vit l'ascension du Japon et la fin de la décadence du tsarisme et qui fut peut-être cause la réelle de sa chute, bref bref…

Dans les premières décennies du XXe, on peut dire que Mime demeura inaperçue. Elle était une prostituée parmi d'autres dans un lupanar chic du quartier de Belgrano, au cœur de la capitale argentine.

Elle était l'amie d'une certaine Raquel Liberman — Rokhl Lea Liberman —, une juive originaire de Berdychiv, en Ukraine, petite bourgade de cinquante mille âmes, la plupart juives, qui s'était rendue célèbre en dénonçant les activités mafieuses de la Zwi Migdal.

Enfant, Raquel avait quitté l'Ukraine pour la Pologne avec ses parents et avait épousé un certain Yaacov Ferber.

Les deux époux émigrèrent en Argentine avec leurs deux enfants petits. Yaacov mourut vite de la tuberculose et Raquel fut contrainte d'entrer en prostitution à Buenos Aires.

Elle devint vite la protégée d'un important souteneur de la Zwi Migdal, Jaime Kissinger, oui, comme le grand diplomate Kissinger, prix Nobel de la paix 1973 pour avoir mis fin à la guerre du Vietnam.

Ce Kissinger-là n'était rien de plus qu'un maquereau dont Raquel s'affranchit bientôt, ouvrant discrètement son propre établissement dans la Calle Callao, l'une des rues les plus élégantes de la Buenos Aires, de nos jours, située près de l'Hôtel Alvear.

La mafia goûta peu l'indépendance de Raquel : on lui envoya un jeune homme bien fait, José Salomón Korn, qui la circonvint avec des promesses de mariage et de jours heureux, l'épousa et finit par lui voler tout son bien, la contraignant à reprendre du service au sein d'un des claques de la Zwi Migdal. Elle s'enfuit et dénonça l'organisation à un Elliott Ness local, le commissaire Julio Alsogaray.

En 1929, le juge Manuel Rodríguez Ocampo fit arrêter plus de cent membres de l'organisation criminelle et trois-cents de ses affiliés indirects. Les chefs s'en tirèrent pour la plupart. Raquel mourut en 1935 d'un cancer de la thyroïde.

Mime, «la Polonaise», avait donc beaucoup à raconter. Elle avait fréquenté Raquel, elle était d'une rare beauté et, en sus, elle chantait des airs russes et polonais, les plus tristes surtout, et dansait merveilleusement sur les rythmes traditionnels de ces pays, chavirant le cœur de ses clients. Elle ajouta à son répertoire boléros et tangos qu'elle interprétait sensuellement avec un fort accent européen. On disait que la Polonaise avait gagné Porto Alegre après être tombée amoureuse d'un politicien gaucho fort amateur des bordels argentins qui la couvrait de cadeaux, vêtements, bijoux, rapportés de ses voyages officiels en Europe.

Par respect pour la mémoire de cet homme, et pour ne pas perdre l'amitié d'un de ses plus proches descendants, je ne révélerai pas ici le nom de l'important sénateur…

Maman disait pudiquement que Mime s'était installée à Porto Alegre et y avait créé son bordel «par amour» : elle était en effet folle amoureuse de cet homme qui vivait avec sa famille près de l'Institut Porto Alegre, dont elle partagea la double vie plus de vingt ans, et avec qui elle voyagea beaucoup et fort luxueusement. M'informant sur cette relation, j'appris d'une des connaissances de la famille du sénateur que, lorsqu'il était ivre, ce qui n'était pas rare, il avouait qu'il avait souvent pensé quitter sa famille pour Mime : c'était, disait-il, « l'amour de sa vie ». Mais il n'en fit rien, l'amour perdit de son intensité au fil du temps.

Maints habitants du quartier furent témoins de scènes violentes entre les deux amants, scènes de jalousie, le plus souvent : ils savaient qu'ils ne vivraient jamais ensemble et en concevaient de la rancœur. Les mœurs de l'époque l'interdisaient.

Le sénateur la quitta, elle se mit à boire, le bordel perdit sa clientèle et fut racheté : Mime cessa de travailler dans le milieu.

Elle emprunta une autre voie et devint une sorte de « conseillère sentimentale », de directrice de conscience, que consultaient gratuitement des gens de toutes les classes sociales.

Elle était, pour les juives du quartier, un alliage de psychiatre, de voyant, de guide spirituel. Yossel, ses enfants et tout le voisinage pensèrent immédiatement à Mime quand Maike fut de nouveau la proie d'une de ces crises de possession dont même les plus éminents praticiens ne pouvaient pas venir à bout. De l'esprit qui entrait dans son corps, on ignorait s'il venait de son enfance européenne, s'il était du temps présent ou s'il était le diable en personne. On évoquait le Dibbouk, l'esprit malin de l'Europe centrale.

Le lecteur éprouvera sans doute quelque crainte à me voir développer cette partie de mon récit, puisque j'y évoquerai un thème pour experts : l'abord des cultures juive et brésilienne à travers le prisme de la culture afro-brésilienne et du spiritisme.

En effet, nombre d'esprits pouvaient hanter Maike, la liste est longue, qui va des âmes des juifs morts qui ont lutté et souffert au long de l'Histoire, des rabbins kabbalistes, jusqu'aux esprits évoqués dans la culture afro-brésilienne et le spiritisme d'Allan Kardec.

Maike bénéficiait d'un atout non négligeable : elle bénéficiait de l'expérience des prostituées juives polonaises qui savaient sonder les âmes et le faire en yiddish. En effet, Maike, secouée de spasmes qui atteignaient tout son corps, bafouillait en yiddish, incompréhensible à son mari : l'idée de consulter Mime s'imposa donc immédiatement, elle était la personne idoine.

Que le lecteur ne l'oublie pas : le Brésil est une terre de syncrétisme où se mêlent toutes les croyances — judaïsme, christianisme, religions africaines, tout irrigue tout, chez nous.

Il faut attribuer cette idiosyncrasie nationale à la colonisation qui conduisit Indiens natifs et noirs réduits à l'esclavage à adopter le catholicisme, parfois dans les vaisseaux mêmes qui les menaient au Brésil, s'agissant de ces derniers. Pour que leur conversion fût crédible et qu'ils évitassent les sévices, on obligeait les nouveaux chrétiens à translittérer leur foi et à rebaptiser leurs dieux. C'est ainsi, par exemple, que la figure d'Oxalá est un équivalent de la Vierge Marie. La foi ancienne des nouveaux chrétiens était tolérée pourvu qu'elle se manifestât discrètement et sous un vernis catholique : les maîtres blancs n'ignoraient pas que les pratiques anciennes se perpétuaient dans la senzala, le quartier des esclaves, avec leurs danses et leurs accompagnements percussifs, mais à tout le moins les apparences étaient-elles sauves.

Quand on louait sainte Barbara, une figure importante au Portugal, les noirs chantaient bien, mais celle qu'ils chantaient en vérité, c'était Yansa, la divinité ou « l'orixá » de la sexualité, la déesse des vents et des rayons solaires. De même, saint Lazare devint le masque d'Omolú, l'orixá des maladies de peau, et Marie le masque de Yemanjá, déesse de la fécondité. À Rio, Saint Georges était Ogum, le dieu de la guerre, à Salvador Ogum était saint

Antoine. Saint Georges était en armes, pas saint Antoine, qui supportait un enfant, mais Antoine n'avait-il pas été soldat… ?

On donne le nom de « candomblé » à l'ensemble de ces rites syncrétiques. Le mot est tiré d'une onomatopée qui évoque la danse africaine. Le candomblé compte ses « nations », nagô, keto e ijêxa, par exemple, et subsume des formes cultuelles variées. À Salvador, le syncrétisme est ostensible : on y voit souvent des chrétiens participer à la messe et suivre les prescriptions de leur orixá. À Rio, au début du XXe siècle, le syncrétisme donna naissance à l'« *umbanda* », mélange de religion africaine, de catholicisme, de légendes indiennes et de spiritisme kardéciste. Dans l'umbanda, les « *exus* » sont des esprits qui ont connu une existence physique. Ils exercent une activité de direction spirituelle, de protection de la vie terrestre, ils équilibrent les énergies émotives, harmonisent la sexualité et guérissent les maladies liées aux déséquilibres de la psyché.

C'est de cette atmosphère syncrétique brésilienne que provenaient sans doute les dons de « la Polonaise », mais on peut aussi y voir l'influence des contextes historiques successifs qui virent les juifs émigrer vers les Brésil. Ce mouvement migratoire connut plusieurs phases : la venue des

« nouveaux chrétiens » du Portugal aux XVIe et XVIIe siècles, celle des juifs du Maroc au XIXe et celle de ceux qui, comme Mime, quittèrent l'Est européen dans la première moitié du XXe.

Le lecteur trouvera un grand intérêt dans l'étude des raisons pour lesquelles nombre de juifs du Brésil entretiennent une proximité étroite avec le spiritisme et l'umbanda. La chercheuse américaine Diana Brown attesta l'existence d'une communauté umbandiste composée de juifs qui se vouait, dans les années 70, à l'étude de la kabbale. Ses adeptes usaient de techniques spirites et de la possession typique de l'umbanda pour mener à bien leurs études judaïques. Ils étaient possédés par les esprits de prophètes du judaïsme avec lesquels ils conversaient sans intermédiaire.

La kabbale est une science ésotérique consubstantielle au judaïsme. Le mot « kabbale » renvoie à l'idée d'intrigue, de machination. La kabbale est une méthode d'enseignement qui lie Dieu, l'univers, l'humanité, la création du monde, la vie terrestre et l'au-delà. Elle est issue de la mystique juive qui se fonde sur la révélation du divin à Adam et Moïse. L'enseignement kabbalistique repose sur l'idée que les secrets de l'univers furent révélés de façon cryptique dans le cœur des livres sacrés. Il constitue aussi une philosophie de la vie visant à l'accès à la sérénité spirituelle. Il remonte aux premiers temps de l'ère chrétienne et s'est surtout développé entre le XIe et le XVIe siècle. Il a fait l'objet de transcriptions dans des livres secrets tels que le *Livre de la Splendeur* ou le *Zohar*, rédigé en Espagne au XIIIe.

Les pouvoirs de « la Polonaise » devaient provenir d'un alliage d'influences.

Elle venait d'une région d'Europe où fleurissaient les superstitions et avait assez voyagé pour que se mêlassent en elle celles d'Amérique.

Maman prétendait que Mime pratiquait déjà des cures en Argentine, mais plus ponctuellement. Sa venue au Brésil avait été déterminante : elle avait fréquenté divers représentants des religions afro-brésiliennes et avait incorporé à son savoir européen et juif des éléments du mysticisme local. Les esprits des sages, des prostituées, des esprits forts juifs qui refusaient l'oppression de la religion dominante avaient pris place aux côtés de ceux du spiritisme et de l'umbanda, chacun d'eux lié à un contexte particulier de l'immigration juive.

C'est curieux, mais la théologie de l'umbanda évoque rarement cet aspect des choses…

Quand la terreur de l'inquisition devint intolérable au Portugal, au XVe siècle, les juifs convertis de force au catholicisme s'en furent au Brésil. Nombre d'entre eux y pratiquèrent secrètement le judaïsme natif. Ceux qui demeurèrent chez nous firent leur les préceptes catholiques et conservèrent des comportements propres à leur culte premier : se marier entre juifs, ne pas manger de sang animal, pratiquer le bain rituel des morts, placer des pierres sur les sépultures…

À Recife, occupée par les Hollandais au début du XVIIe, on trouvait beaucoup de Séfarades qui avaient d'abord émigré à Amsterdam, chassés du Portugal par l'inquisition. Ils aidèrent leur pays d'adoption dans son entreprise de colonisation du Pernambuco.

À cette époque, un grand kabbaliste d'Amsterdam, Isaac Aboab da Fonseca, était rabbin de la synagogue Kahal Zur Israel de Recife, la plus importante d'Amérique.

Quand le Portugal s'empara de nouveau de la région, Fonseca s'en retourna à Amsterdam, mais la mémoire de ses pouvoirs et de son attention au sort des nouveaux chrétiens demeure vivace chez les mystiques brésiliens. L'occupation hollandaise, qui courut de 1624 à 1654, fut essentielle pour l'introduction dans notre corpus religieux du mysticisme juif.

On le constate aussi en littérature. Le romantisme théâtral brésilien s'ouvre sur la composition de *Le Poète et l'inquisition* de Gonçalves Magalhães, de 1838, qui évoque la figure de l'intellectuel brésilien du XVIIe Antônio José da Silva, dit «le Juif», immolé par l'Inquisition.

Au début du XIXe, ce sont les juifs marocains qui débarquèrent au Brésil, fuyant misère et persécutions. Nombre d'entre eux gagnèrent l'Amazonie. Le Brésil ouvrait grand ses ports à toutes les nations amies, et la culture du latex était fort attractive.

Ce furent d'abord de jeunes immigrés qui s'y établirent et cherchèrent à épouser des femmes indiennes. C'est la raison pour laquelle les juifs d'Amazonie parlaient et portugais et un dialecte ou se mêlaient *haketia*, langue juive du Maroc, et tupi-guarani des Indiens. Les rituels juifs rencontrèrent là-bas, dans un contexte culturel hybride, un sol fertile. Les rabbins étaient considérés comme des saints et on les consultait comme tels. Ils pratiquaient ces cures miraculeuses que l'on rencontre aussi dans le catholicisme populaire et dans la tradition afro-brésilienne.

Dans le vieux cimetière de Manaus se trouve un lieu de culte dédié à un saint miraculeux juif qui a attiré pendant plus d'un siècle de nombreux dévots, y compris des Gentils : santo Judeu Milagreiro de Manaus, ou santo Moisézinho.

Au début du XXe, le rabbin Shalom Immanuel Muyal vint du Maroc assister la communauté juive d'Amazonie en pleine expansion. Il fut emporté par la fièvre jaune. Nombre de ses adeptes et de ceux de ses épigones croyaient en sa capacité à guérir par apposition des mains. À chaque guérison, la renommée du rabbin Muyal gagnait en puissance. Les témoignages s'accumulaient et les personnes tirées d'affaire laissèrent à la postérité de nombreux ex-voto cloués près de son caveau.

La troisième vague d'immigration qui influença la religion et la spiritualité brésiliennes fut celle des prostitués «polonaises» au rang desquelles figurait Mime.

Comme je l'ai déjà indiqué, de nombreuses organisations internationales pratiquaient la traite des femmes entre la fin du XIXe et le début du XXe, en Europe et en Asie. Japonais et Chinois y prenaient la plus grande part, mais la Zwi Migdal avait le monopole du trafic américain. Elle avait son siège aux États-Unis, en Argentine et au Brésil. Ses relations avec la communauté juive de la région étaient fort ambivalentes.

D'un côté, les mafieux étaient accueillis comme les promoteurs et les évergètes du théâtre en yiddish brésilien, mais de l'autre, on les rejetait en raison du proxénétisme. En ces temps, des milliers de «Polonaises» vinrent au Brésil et on pouvait encore en rencontrer beaucoup dans les années 1950. Elles y faisaient l'objet de ségrégations pour motif d'impureté. On ne les enterrait pas dans les mêmes cimetières que les autres membres de la communauté.

Mais elles ne renièrent jamais leurs origines.

Elles établirent leurs propres communautés, telles la «Société de la Vraie Charité», pour continuer à pratiquer leur culte et pour bénéficier d'une sépulture digne. Il n'y a qu'en Amérique du Sud qu'on a vu des prostituées, principalement juives, former leurs propres communautés religieuses.

Les «Polonaises» tissèrent un lien solide avec les religions afro-brésiliennes, l'umbanda en particulier. La bohème carioca, pour sa part, au contact des Polonaises, diffusait le judaïsme dans ses réseaux. Aucun doute, en matière de religion, le Brésil est un bouillon de culture : toutes s'y sont mêlées et fécondées.

Beaucoup d'esprit juifs sont conviés dans le spiritisme et l'umbanda, tel Jaguarema. Ils représentent le refus de la conversion. Ils coudoient des esprits musulmans ou indiens. Les «esprits de l'Orient» sont invoqués à l'occasion de certaines cérémonies auxquelles participent des kabbalistes, des rabbins et d'autres sages orientaux. On leur destine des hymnes en hébreu.

Une figure de l'umbanda équivaut tout à fait à Mime : celle de Pombajira, prostituée durant son passage sur terre.

Les esprits de « Polonaises » sont de belles femmes qui relatent les souffrances de leur exploitation sexuelle sur terre et qui reviennent au monde pour devenir des conseillères sentimentales ou conjugales, en une saisissante inversion des valeurs : L'umbanda fait des gueux des saints.

Quand il apparut, au début du XXe, les juifs y virent un creuset de cette spiritualité que le judaïsme trop « technique » et « méthodique » réduisait à l'étiage, tout à fait comme ils virent dans le bouddhisme, dans les années 60, une forme contre-culturelle de pratiquer leur foi.

Pour la plupart des juifs qui fréquentent les lieux de culte umbandiste et spirite, ils sont désormais devenus les temples de formes religieuses hybrides où entre une part de judaïsme. Rien de surprenant à ce qu'on parle avec les morts, au Brésil : parallèlement aux religions du Livre, le pays a toujours vu se développer les croyances d'essence africaine ou indienne.

Le syncrétisme brésilien explique aussi l'accueil que fit notre pays au spiritisme kardéciste qui perdait de son influence en France.

Le judaïsme fait sien le concept de possession

par des esprits à travers la figure du Dibbouk et il fut naturel à de nombreux juifs d'adhérer au spiritisme et à l'umbanda en une façon de réaction culturelle au méthodisme et à l'élitisme cultuel. Ils renouaient avec le peuple, la magie, la musique, en un mot, avec la ferveur collective tenue en laisse par le judaïsme rigoriste.

L'umbanda s'est beaucoup africanisé, ces derniers temps, mais les juifs ne cessent d'y adhérer au nom de son message universaliste.

Quoi qu'il en soit, le Brésil est une terre de syncrétisme : la plupart des juifs spirites sont des Ashkénazes, comme Mime, comme cette « Polonaise » à laquelle on pensa aussitôt lorsqu'il s'agit de venir en aide à madame Maike. On appela un taxi qui savait parfaitement où la trouver. Quelqu'un était possédé ? Il fallait aller chez « la Polonaise », pour sûr, il savait où la trouver : dans sa vieille maison du bout de la rue João Alfredo.

C'était une maison toute simple, sans confort excessif. Une seule fenêtre donnait sur la rue, presque toujours fermée. La porte latérale en était toujours entrouverte, offrant une vue sur le couloir d'entrée. Celui qui voulait s'entretenir avec Mime n'avait qu'à pousser le battant sans frapper. On entrait alors dans un long couloir obscur qui donnait sur un salon, deux chambres et, tout au fond, sur l'ample cuisine.

Là, se trouvait Dora la négresse, la dame à tout faire de Mime, au repos, étalée sur la table, qui savait où conduire qui apparaissait pour consulter ou accompagner les patients de sa patronne.

Cette Dora, de sa voix douce, de ses caresses, calmait celui qui se faisait jour dans la cuisine, quelle que pût être l'acuité de son angoisse : « la Polonaise » allait vous régler tout ça. Et en effet, elle réglait tout ça.

Il était rare que les patients de Mime ne retrouvassent pas leur calme à son contact. On lui amena Maike dépenaillée, les seins à moitié à l'air, le visage en sueur, convulsive et bafouillant en yiddish.

La vieille dame était possédée, mais l'esprit qui avait bride sur son corps n'était pas nécessairement mauvais : Maike ne semblait pas souffrir, elle semblait plutôt, à entendre ses gémissements, la proie d'une excitation à caractère libidinal.

Dora passa un chiffon humide sur son front et lui murmura quelque chose qui semblait une prière ou une invocation africaine… Le corps de Maike s'apaisa un peu.

Durant les quelques instants qu'elle passa avec Dora, Maike fut secouée de quelques spasmes suivis d'une plainte faible issue de sa bouche close puis elle sombra dans une sorte de léthargie. Quelques minutes passées, les convulsions reprirent.

Effrayés, ses enfants demandèrent l'autorisation à Dona d'installer leur mère dans le lit double d'une des chambres. Quand apparut Mime, dans son peignoir bleu brodé de fleurs, avec sa toque lilas, ce fut comme si une déesse était descendue des cieux.

Au bout du fume-cigarette argenté de l'apparition se consumait une cigarette.

Mime donna quelques ordres à Maike en yiddish. La vieille eut une réaction, bafouilla quelque chose, et obéit. Les enfants observaient, ébaubis.

Madame Mime leur fit alors signe de quitter immédiatement la pièce. Elle ferma la porte et demeura seule avec Maike pendant plus d'une demi-heure.

On entendait en alternance les intonations de la voix de Mime, quelques mots entrecoupés de sanglots de Maike et de longs silences.

Puis on entendit s'élever un chant, comme une berceuse : c'était Mime. Les pleurnicheries de Maike avaient cessé.

Quelques minutes passèrent encore et Mime sortit et fit signe à Dora de lui apporter du thé qui était déjà sur le feu dans la cuisine. Les enfants de Maike se levèrent et insistèrent pour aller rejoindre leur mère dans la chambre, mais Dora le leur interdit formellement : il fallait qu'ils laissassent leur maman se reposer quelques instants avant de la ramener chez elle.

Mime semblait avoir terminé son travail. Il fallait juste que la vieille juive recouvrât ses esprits, ce qui se produisit peu après. Les enfants entrèrent dans la chambre et y trouvèrent Maike en pleine possession de ses moyens, assise sur le lit comme si rien ne s'était passé : elle ne se souvenait de rien. Elle n'évoqua même pas la Polonaise. Elle demanda à ses enfants d'appeler le taxi : il était tard et elle devait rentrer. Elle avait beaucoup à faire.

Il lui fallait préparer le repas de Yossel selon ses goûts, c'était son rôle d'épouse.

Il lui fallait interrompre sa promenade et aller vite ranger la maison au cas où le couple recevrait de la visite : Yossel détestait que la maison fût en désordre. Les enfants l'écoutaient, ravis. Elle avait fait du blanc de poulet, il ne lui restait plus qu'à le détailler pour le mettre dans la soupe. Les cuisses, elle les ferait griller juste un peu avant de passer à table : elle utiliserait le gras pour faire rôtir les patates prêtes depuis le matin.

Nul ne savait ce que lui avait fait Mime, mais Maike était en pleine forme, on n'eût jamais pensé qu'elle fût passée par une crise, ce qu'indiquait néanmoins le désordre de ses vêtements. L'on ne savait ce qui avait déclenché la crise : elle allait bien et tout à coup, patatras : branle-bas de combat, fracas de vaisselle dans la cuisine !

Mime ne confia jamais à personne sa recette, c'était pour elle une affaire d'éthique. Mais comme elle buvait plus que de raison, elle laissa fuiter quelques détails sur la guérison de Maike, que le téléphone arabe, de proche en proche, conduisit aux oreilles de ma grand-mère Clara, qui conta le secret à maman.

Ma grand-mère n'était pas du genre à aller jasant sur le secret de la crise de Maike. Elle confia simplement à maman qu'elle trouvait son explication dans le passé de la vieille dame.

Elle avait été mariée de force à Yossel, dans un bourg de la province polonaise. C'était un type bien, d'une famille plus aisée que la sienne, mais Maike n'en aurait voulu pour rien au monde. Elle aimait un autre garçon, d'un milieu bien plus modeste que celui auquel sa famille la destinait. Son père était un simple paysan et sa mère une femme au foyer qui lavait le linge du voisinage.

Maike raconta à « la Polonaise » Mime qu'à l'orée de ses crises, elle revoyait le visage de ce garçon polonais qu'elle aimait tant : alors l'attaque atteignait sa pleine mesure.

Mime confia qu'elle avait servi un ou deux verres de vin doux et je ne sais quoi d'autre, qu'elle avait prié en yiddish et qu'alors Maike avait expectoré des pensées coupables. Ce qu'elle avait dit n'est pas de nature à surprendre : elle avait décrit dans le détail ses ébats avec le Polonais perdu. Il pétrissait sa poitrine, la pelotait, ils s'embrassaient, le reste à l'avenant...

Ses crises avaient tout à voir avec le sexe et c'est pourquoi ses gémissements n'avaient rien de plaintif... grâce à Mime, Maike lâchait prise... Elle détaillait tout en des termes crus que Mime comprenait, mais qu'elle ne répèterait jamais !

La technique de « la Polonaise » consistait à laisser parler Maike librement et à lui poser sur chaque détail de son rapport imaginaire avec son amant d'autrefois des questions en yiddish. Les crises de Maike s'achevaient inévitablement sur des propos renvoyant à sa culpabilité à l'endroit de Yossel.

Il est intéressant d'évaluer le cas de Maike à l'aune de son arbre généalogique kabbalistique. Derrière ses gémissements, la psychanalyse, le spiritisme, l'umbanda et le judaïsme pouvaient, chacun à leur façon, rendre compte de la charge érotique qui résidait dans son corps.

Pauvre madame Maike ! Comment pouvait-elle

tenir sous cloche toute la volupté qui hantait son corps d'épouse ?

Ce qui est sûr, c'est que le Dibbouk qui possédait ce corps était né dans la réalité, dans la personne terrestre de ce garçon de Pologne qui faisait vibrer tous ses membres comme en un ensorcèlement !

Quand elle était dominée par ces pensées interdites, Maike était tout bonnement chavirée et elle semblait devenir le champ d'action des forces spirituelles afro-indiennes alliées à celles du mysticisme juif d'Europe orientale, toutes forces que Mime dominait et savait mettre au pas, et mettre au pas gratuitement, de surcroît !

Comme dans l'Umbanda, son «*terreiro*», son temple spirite, pratiquait la charité, il se vouait au salut de la Nature et tous ceux, humains ou non, qui la peuplaient. Mais Mime n'y sacrifiait aucun animal, n'y pratiquait aucun des rituels magiques typiques de l'umbanda. Ce qu'elle y faisait était une sorte d'équivalent polonais de ce que font les «*erês*» liés à l'orixá Ibeiji.

Tout le travail de Mime consistait à pacifier la coexistence entre les pulsions ou les esprits opposés. Elle permettait aux patients de revenir à l'origine de toute chose, la naissance du fleuve, la germination des végétaux, la naissance des hommes.

Elle était aussi populaire chez les juifs de Bom Fim qu'Ibeiji, équivalent afro-brésilien de saint Côme ou de son frère Damien. La manifestation chez Mime des « *erês* », de ces intermédiaires entre les « dieux » et les hommes, dont l'action forme la part la plus énigmatique des religions venues d'Afrique, intriguait même ceux qui en savaient un bout. J'en termine, le lecteur doit être las, après tant d'efforts de compréhension du spirituel : on disait que « la Polonaise » allait jusqu'à accueillir l'esprit d'enfants, oui, d'enfants, d'enfants enchantés en prise avec la nature la plus primitive, la plus pure !

Contrairement à ce que pensaient beaucoup de ceux qui la connaissaient, Mime ne recevait pas seulement la visite d'enfants désincarnés ou de grands religieux : les « *erês* » ou les « anges » qui l'habitaient pouvaient aussi parler pour des figures majeures de l'Histoire humaine et orienter qui venait consulter pour une cure ou une bénédiction.

Je vais conclure en racontant au lecteur quelque chose au sujet duquel je souhaite qu'il conserve le plus grand secret, quelque chose qu'il ne devra jamais répéter et que ni le spiritisme ni la kabbale ne sauraient expliquer.

C'est un secret que même Clara, ma grand-mère, ne m'a pas révélé, mais que je tiens de quelqu'un d'important, de quelqu'un qui a voulu garder l'anonymat.

Une nuit, il y a bien longtemps, Mime «la Polonaise» était tranquillement étendue dans son lit avec son amant, dans la chambre du haut de son bordel, quand elle sentit l'air vibrer. Elle comprit aussitôt qu'une âme en peine, mule sans tête ou esprit plus significatif, hantait l'espace. Un «exu» qui rôdait par là l'avait prévenue : l'esprit qui s'était introduit dans le bordel était un envoyé du diable soi-même!

Elle mit sa robe de chambre et courut pieds nus dans ce qu'elle appelait «la suite présidentielle», d'où semblait venir l'onde aérienne. Elle y tomba nez à nez avec un vieux déguisé en l'un de ces marins du port de Rio Grande, suants et mal rasés. Il entreprenait une des plus jolies filles du «cheptel» de Mime. À sa vue, Mime, qui était pourtant une femme faite, s'évanouit : le vieux déguisé en marin n'était autre qu'un des plus fameux rabbins de Buenos Aires, mort depuis des décennies et enterré là-bas. Il était le rabbin en chef de la Synagogue de la Congrégation israélite, ou «Templo Liberdad», qui se trouvait près du Teatro Colón, soit dit en passant un splendide édifice, dans le goût de ceux qu'on construisait en Allemagne au milieu du XIXe siècle.

L'homme était mort à l'époque où Mime débarquait en Argentine en provenance d'Europe orientale. Le voir dans un lit de son bordel avec une de ses filles signifiait que son fantôme, son esprit ou son âme était venu la visiter : c'était trop d'émotion.

Quand elle recouvra ses esprits, elle était dans le canapé d'une autre chambre : une jeune fille lui servait le thé et l'éventait.

Dans un état de transe, «la Polonaise» allait répétant le nom du rabbin en yiddish. Elle bafouillait comme si elle avait vu le diable en personne : «*Oi main Got, maine rebe…*», «Oh mon Dieu, mon rabbin…».

Dans son agitation elle demandait à le voir, suppliante.

Cette crise dura vingt bonnes minutes : les filles ne savaient que faire et continuaient à l'éventer pour garder la situation sous contrôle.

La plus jolie, celle que Mime avait vue dans le lit avec le rabbin mort, ne comprenait rien à la situation. Elle n'avait vu aucun rabbin. Madame avait eu une vision, un esprit l'avait sans doute visitée, mais il était demeuré dans sa tête : ceux qui la lutinaient n'avaient rien de religieux, encore moins ressemblaient-ils à des rabbins, elle en répondait comme de soi!

Elle insistait : le client dont elle venait de quitter les bras était un très gentil garçon d'une vingtaine d'années qui n'avait rigoureusement rien d'une âme en peine, rien d'un rabbin mort des années auparavant ! Mais c'était un juif, ajouta-t-elle, pas d'erreur, elle s'en portait garante : après cinq ans de prostitution, elle savait parfaitement identifier les membres de la clientèle de Bom Fim.

LE FIANCE ARGENTIN

Nous étions en 1969, à Bom Fim, le quartier juif de Porto Alegre, un samedi matin du mois d'août, j'allais avoir quinze ans. Nous célébrions la bar-mitsvah d'un garçon que je connaissais, petit-fils d'un boucher très pieux qui vivait dans la rue Fernandes Vieira, près de l'hôpital du Pronto Socorro et du Parc de la Rédemption, l'une des plus anciennes artères du quartier. Le boucher Salomon était très respecté, car il savait préparer la viande selon la coutume, sous la supervision sévère du rabbin.

Maman était l'une des invités et son oreille affûtée, quand il s'agissait d'histoires croustillantes, sentit que l'atmosphère était empreinte d'une énergie singulière. Elle ne se trompait jamais.

Cette fois c'était Eva, l'aînée de madame Bernardina, une connaissance de ma grand-mère Clara depuis son arrivée de Lituanie et son installation à Pelotas, qui l'intriguait. Eva était une vieille fille d'une quarantaine d'années. Tandis que le gamin priait de sa voix de fausset, Eva semblait la proie d'une grande agitation. Elle remuait sur son siège, se retournant sans cesse.

Ce qui attira l'attention de maman, c'est que deux femmes assises derrière Eva, sur une autre rangée, se comportaient de même. L'une d'elles, Esther, était professeur d'anglais au Collège israélite brésilien. L'autre était Sarita. Les trois femmes, qui n'étaient plus de toute première fraîcheur et avaient largement passé la trentaine, cherchaient à se marier à toute force, de sorte qu'elles étaient en chasse d'hommes vingt-quatre heures sur vingt-quatre.

La cérémonie terminée, celui qui était désormais un « adulte » reçut, comme c'était l'usage, une volée de bonbons à la groseille et les compliments des siens sur l'autel. Maman observait le déroulement des opérations. Puis l'on se dirigea par le grand escalier vers la salle des fêtes de la synagogue. Sur le palier, ma tante Geni prit maman pas le bras et émit un commentaire sur un grand jeune homme aux yeux clairs, inconnu de tous, qui était assis dans les dernières rangées.

Maman avait déjà remarqué sa présence. L'attitude des trois femmes corroborait son impression qu'il n'était pas homme à passer inaperçu. C'était un Argentin, il allait épouser Rebecca, l'aînée de Jacob et Rosa. Chacun, à Bom Fim, avait remarqué la présence du jeune homme et papa lui en avait parlé un peu avant la cérémonie. Comment papa avait-il eu vent des projets de mariage ? On n'en savait rien. Entrant dans la synagogue, maman le remarqua en compagnie du couple et de leur fille et comprit aussitôt ce qui se tramait.

Une chose était sûre : Rebecca et l'Argentin formaient un couple très peu assorti. Il était d'une folle beauté, presque dérangeante. Sa dentition était parfaite, ce qui était rare, à cette époque d'obscurantisme odontologique, à Porto Alegre. Il devait être juif, car il priait avec la plus grande ferveur. Son nez était busqué, mais très délicat. Elle dit plus tard de lui qu'il lui évoquait le buste de Dante de la bibliothèque publique de notre ville. L'homme était grand, bien fait, et une fossette presque enfantine rehaussait sa beauté lorsqu'il souriait.

Geni tenait de son mari, mon oncle, quelques informations sur le garçon. C'était un jeune Argentin très sympathique qui avait paru au Bar João, le point de rencontre coutumier des hommes juifs. De fil en aiguille, la conversation roulant, il avait fini par se présenter aux clients, indiquant qu'il était juif et venait de Buenos Aires, mêlant à ses propos des mots en yiddish, ce qui avait ravi les présents.

L'Argentin eut tôt fait de séduire les clients du bar. Il fut invité à une table où il confia qu'il était venu à Porto Alegre pour y trouver des partenaires susceptibles de se joindre à lui pour la création d'une affaire de textile en Argentine dont il assurait qu'elle était parfaitement conçue et très prometteuse. Des proches avaient repéré quelques partenaires potentiels au sein de la communauté juive de Porto Alegre : il y était donc venu.

Il mêlait à son propos des plaisanteries sur tel rabbin et sur la vie quotidienne des familles juives de Buenos Aires, en tous points semblable à celle des clients du bar qui l'écoutaient avec attention, qui assis, qui debout.

Son discours faisait merveille : ses interlocuteurs réagissaient favorablement à son histoire de partenariat, c'était patent. C'était le cas de monsieur Jacob, qui possédait une boutique de sous-vêtements rue des Volontaires de la Patrie.

Le vieux approcha sa chaise de celle de l'Argentin, surtout quand il indiqua — exprès, je l'apprendrais plus tard — qu'il était célibataire. Qui eût été attentif eut repéré que Jacob buvait littéralement les paroles de jeune homme. Monsieur David, le pharmacien de l'avenue Osvaldo Aranha, toujours blagueur, le questionna sur son État civil. Il n'avait pas trouvé chaussure vertueuse et de bonne famille à son pied : « je n'ai pas encore rencontré ma *princesse*», avoua l'Argentin, sur un ton tout théâtral.

Jacob, l'entendant prononcer ses mots, ne se sentit plus de joie. Ses yeux brillèrent, les rides de son visage s'effacèrent et son cœur battit à tout rompre. Le monologue de l'Argentin, aussi long que celui d'Hamlet, emplissait le crâne de Jacob des images d'une tout autre scène que celle de Shakespeare, idyllique : celles du couple qu'il formait avec Rosa, qu'il avait connue au cœur de la Lituanie et qu'il avait épousée avant qu'ils n'émigrassent au Brésil dans le même bateau que ma grand-mère Clara. Il se voyait, lui, Jacob, dans son délire, entrer dans la synagogue avec Rosa, toute de rose vêtue, au bras de l'Argentin devenu dans ses pensées le fiancé de Rebecca, vêtu d'un costume gris clair, d'une chemise blanche et d'une cravate azur, de la couleur du drapeau d'Israël, extrêmement élégant, avec son beau nez sémite. Il se voyait, lui, Jacob, lui accorder la main de sa fille.

Tel était le film qui tournait dans les pensées de Jacob, de cet homme simple qui avait fui les persécutions et rencontré au Brésil les conditions d'une vie digne avec Rosa et Rebecca.

Tandis que l'Argentin causait, Jacob songeait à la cérémonie de mariage entre le jeune homme et Rebecca, à leur réception par le rabbin sur l'autel de la synagogue où, plus de cinquante ans avant, il avait posé le pied encore tout jeune, ne comprenant pas encore un mot de portugais.

Il était tout à ses rêveries quand il fut réveillé par les éclats de rire et les coups de poings sur la table qu'avait provoqués une blague de l'Argentin sur un laitier juif lituanien. Ce qui se produisait dans le bar était une véritable épiphanie.

Jacob unit ses rires à l'hilarité générale. Il faut ici souligner son sang-froid : il ne laissa rien paraître de son grand contentement. Il ne fallait pas éveiller l'attention de tous ces pères de famille qui ne parvenaient pas à marier leur fille. Quoi qu'il en fût, la nouvelle de l'arrivée en ville d'un beau célibataire argentin, d'un entrepreneur à épouser, se répandit comme une traînée de poudre dans le quartier : on ne parlait que de cela dans les boucheries, les boulangeries, aux coins de rue, dans les trois synagogues de Bom Fim.

Je dois reconnaître — je m'en remets ici au jugement toujours équilibré de maman — que tout n'était pas à jeter, chez notre Argentin. Il était grand, avait de beaux yeux bleu-vert, il était bien coiffé, les cheveux ramenés en arrière par la brillantine. Il ressemblait à un chanteur de tango, à Carlos Gardel, un peu, souriant à tout propos de ses dents blanches et bien alignées ; sa barbe était parfaitement faite et il allait toujours cravaté. Il était le gendre idéal, aux yeux de Jacob et Rosa, celui qu'ils avaient supplié Dieu de placer sur leur route. Jacob ne perdit pas une minute et murmura à l'oreille du jeune homme que ses projets commerciaux l'intéressaient.

Il proposa à l'Argentin d'accompagner sa famille à la synagogue, le lendemain, pour les prières du shabbat. Puis ils dineraient en famille, en petit comité. Ils pourraient ainsi tout à leur aise parler affaires. Jacob avait en tête de faire rencontrer Rebecca à l'Argentin, le reste était secondaire.

Il avait néanmoins claire conscience de ce que ses chances de réussite étaient minces : sa fille était, au mieux, « sympathique »… selon maman, même pas… elle était sans manières, gourde, et elle louchait, en dépit de ses lunettes correctrices…

On travailla à améliorer tout cela, on coiffa Rebecca, on la maquilla, on la vêtit au mieux : on fit tout ce qu'on put.

Rebecca s'en trouva presque digne d'intérêt. Quand l'Argentin entra, la table était élégamment mise, avec au centre une belle menora rapportée de Lituanie. On avait tout fait pour que le diner fût agréable, Jacob avait demandé à Rosa de ne pas barguigner, l'argent n'était pas un problème, en l'espèce : elle pouvait offrir tout ce qu'il y avait de mieux.

Le couple avait au cœur l'espérance que le jour de Rebecca viendrait, mais il fallait bien se résoudre à voir les choses en face : personne ne s'intéresserait à elle sans quelque effort de leur part. Ils croyaient néanmoins en la divine Providence : l'Argentin découvrirait peut-être chez leur fille quelque beauté cachée…

De façon surprenante, le diner répondit pleinement à leurs attentes, il semblait que le Messie en personne eût pénétré le foyer. Le jeune homme causait en souriant, poli, parlant lentement pour que chacun comprît son portugais improvisé, certes, mais surtout, il fixait des yeux Rebecca !

La pauvre fille tremblait, elle ne savait quoi faire de ses mains, elle n'aurait jamais imaginé pouvoir attirer qui que ce soit, encore moins un bel Argentin célibataire… elle fit tomber ses couverts, renversa le vin : son émotion la submergeait. L'Argentin faisait mine de ne rien remarquer. Il louait, charmait, opinait, cherchant à se concilier les grâces de ses trois commensaux, mais surtout celles de Rebecca. Pour leur part, les Brésiliens avaient le souffle coupé, ils disaient oui à tout, y compris à ce à quoi ils ne comprenaient goutte.

Le fait est que la jeune femme n'était pas du tout préparée à affronter une telle situation. Personne ne s'y était jamais intéressé alors imaginez : on venait chez elle en soupirant !

Après le diner, on s'assit sur le canapé et l'invité prit les devants : il s'assit près de Rebecca. Le spectacle du commerce de deux jeunes gens coupait le souffle à Jacob et Rosa, ils étaient presque en transe. Elle servit le thé et des biscuits qu'elle avait commandés à une voisine qui, soit dit en passant, s'empressa d'aller raconter tous les détails de l'affaire dans le secteur.

L'Argentin semblait ravi, il s'empiffra de gâteaux, reprit cent fois du thé. Jacob ouvrit une bouteille de liqueur, cadeau d'un fournisseur, qui périssait d'ennui au placard en l'attente d'un événement digne qu'on la tirât de sa torpeur, puis il fit signe au jeune homme de le suivre dans son bureau tandis que les femmes débarrassaient.

L'Argentin demanda qu'il lui fût permis de féliciter Jacob pour ses prières de shabbat, il loua les sauces de Rosa qui lui rappelaient celles de feue sa mère. Et, à la surprise générale, il demanda si Rebecca pouvait prendre part à leur conversation.

La jeune femme en fut surprise et charmée : jamais on ne l'avait conviée à participer à une conversation sérieuse, jamais on ne l'avait courtisée, elle marchait sur l'eau. À la cuisine, sa mère l'embrassa tendrement : elle avait enfin rencontré son bonheur.

Pendant ce temps, l'Argentin sortait d'une chemise en cuir une foule de documents, pièces comptables, plans de la fabrique, photographies des lieux où il prétendait l'implanter, dans une province argentine à l'avenir prometteur.

Rebecca se joignit aux deux hommes, comme l'avait sollicité l'invité, ou, devrais-je à présent dire, le prétendant.

À chaque explication donnée, ce dernier regardait Rebecca, comme pour obtenir son accord. Rebecca surprit les deux hommes en s'enhardissant à poser une question, malicieuse : « votre nom, c'est Rodolfo Borenstein ou Rozenstein ? ». Tous rirent, même Rosa, qui entendait depuis la cuisine, quand il répondit : « Borenstein, de Bessarabie ». « De Bessarabie ? », demanda Jacob, d'un air détaché, ravi : mais il avait de nombreux amis qui en étaient originaires !

Aucun doute : un lieu solide s'était établi.

Quand l'Argentin, quittant les lieux, baisa la main de Rebecca en lui disant « *hasta mañana,*

Beki », la pauvre fille manqua défaillir. L'Argentin demanda un verre d'eau à Rosa pour qu'elle recouvrât ses esprits. Elle but deux gorgées et s'en fut dans sa chambre après avoir salué le cicisbée. C'était trop de romantisme et trop d'inattendu d'un coup.

Rodolfo salua Jacob et Rosa, qu'il embrassa sur la joue. Le diner et la soirée avaient été inoubliables : « *mazel tov* », conclut-il.

Sitôt fut-il parti que les deux époux s'assirent sur le sofa pour échanger des larmes de joie. Ils n'avaient jamais connu une telle joie. Ils furent dormir, songer au beau lendemain et, qui sait, aux fiançailles et aux noces de leur fille.

Comment la nouvelle se répandit-elle le jour suivant dès potron-minet, à l'heure de la bar-mitsvah du petit-fils de Salomon, nul ne le sait. Ce qui est sûr, c'est que chacun était au courant de ce diner au cours duquel un projet de noces s'était noué entre Rebecca et ce bellâtre argentin dont Geni avait évoqué la présence à l'oreille de maman dans la synagogue.

Le bruit courut que les deux jeunes gens s'étaient épris l'un de l'autre au cours d'une excursion à Montevideo… l'imagination des dames du quartier était fertile… Rodolfo et Rebecca à Rio de Prata : pure invention.

Un autre bruit voulait que le père de Rodolfo fût propriétaire d'une grande usine de sous-vêtements en Argentine et qu'il voulût étendre son commerce — y incluant celui de Jacob qu'il entendait reconcevoir — et ouvrir douze filiales au Brésil.

Au moment où ma grand-mère et toute la famille franchirent le seuil de la synagogue, il était déjà de notoriété commune que les noces de l'Argentin et Rebecca étaient programmées. On verrait d'ailleurs bientôt l'Argentin dans les lieux, il allait être présenté à la communauté. Ce fut le cas. On avait totalement oublié l'adolescent et la cérémonie : toute l'attention allait aux fiançailles de Rebecca.

Maman n'avait pas souvenir de ce qu'on eût commenté la différence criante entre les charmes des deux fiancés : elle sautait pourtant aux yeux. Mon frère Carlos observait le couple et les parents et commença à ironiser sur les charmes de Rebecca : mon père l'interrompit d'un œil réprobateur. Tel Moïse offrant aux juifs les tables de la loi, il nous morigéna à voix basse : qui étions-nous, Carlos et moi, nos petits cousins, une bande de mioches, pour faire des commentaires déplacés sur les attributs de la jeune femme et les sentiments de l'Argentin ?

À entendre mon père, l'amour pouvait venir à bout de toutes les différences... il savait bien que c'était faux. Peut-être Rodolfo avait-il vu en Rebecca quelque qualité cachée... Mon cousin Jaime, spécialiste ès blagues à effet hilarant immédiat, opina : « peut-être qu'à force de regarder ses yeux qui louchent, il ne voit pas les choses comme nous autres... ». Papa ne put se contenir et explosa de rire. Nous aussi. Maman nous demanda de nous calmer : Jacob et Rosa étaient de vieux amis, on les connaissait depuis leur arrivée au Brésil, un peu de respect s'imposait.

Tous les invités étaient des juifs du quartier et ils accordaient toute leur attention à l'idylle qui se nouait à la table de Jacob. Le vieux semblait aux anges. Il demanda au garçon de servir le vin sans tarder. Il se leva, à un signe de sa femme, pour aller préparer l'assiette de Rodolfo. Rebecca était fière et euphorique. Tous les convives observaient la scène et s'en réjouissaient. Jaime ricana : « de loin, elle n'est pas si moche... » Maman aussi était heureuse : c'étaient nos amis, leur bonheur nous importait.

La semaine suivante, personne n'eut de nouvelles de Jacob. On ne savait pas où il avait bien pu passer. On n'en avait pas plus de Rodolfo, dont on ignorait s'il allait passer au Bar João. Jacob n'apparut pas au magasin. Papa s'y rendit et une employée lui indiqua que Jacob était chez lui : il parlait affaires avec son nouveau gendre, il s'agissait d'un important projet en Argentine.

Les choses allèrent bon train. Sans aucune discrétion, madame Rosa préparait le trousseau de sa fille. Il lui en fallait un neuf. Le sien, qu'elle avait déjà prêté ici et là à des amies, porterait malheur si on le sortait de nouveau. Jacob lui accorda un budget illimité et Rosa fut en ville choisir ce qu'il y avait de mieux. Elle ne se connaissait plus de joie, disaient les employées des boutiques qui n'avaient que ces noces à la bouche, à leur pause de midi.

À la boulangerie Zoratto, au coin de la rue Fernandes Vieira, où se trouve aujourd'hui le supermarché Zaffari, une dizaine de dames juives se réunissaient pour recueillir les informations de dernière main des employées de Jacob sur les noces de Rebecca. Nous les tenions pour notre part de papa, qui les détaillait aux déjeuners. Nous y étions très attentifs, nous le serions aussi aux développements des semaines suivantes.

Un jeudi, peu avant midi, Jacob entra dans le Bar João. Au lieu d'aller s'asseoir avec ses amis à une petite table près de l'entrée, il se dirigea vers une table du fond, un peu plus grande, près du couloir qui conduisait à la salle de billard.

Quand papa entra à son tour dans le bar, le docteur Jaime, le dentiste du quartier, lui fit signe de se diriger vers le fond sans se répandre en salutations : Jacob l'attendait. Autour de la table de Jacob se trouvaient le président de la Société israélite et diverses éminences de la communauté qui avaient l'habitude de partager sa table.

Papa salua la compagnie et s'assit. Il s'agissait apparemment d'une affaire d'importance. Je résume : Jacob demandait un prêt à ses amis, une somme importante, pas faramineuse. Chacun devrait apporter son écot.

Il rendrait vite l'argent. Son gendre et lui voulaient monter une affaire de vente de tissu près de Corrientes, en Argentine, où le futur époux de Rebecca avait établi des contacts avec les meilleurs fournisseurs de laine du pays. On lui fit confiance, mon père le premier, comme à son habitude : Jacob était un homme fiable. Chacun signa un chèque qu'il remit à Jacob. En son for intérieur, personne ne se demanda si l'affaire était bonne ou pas. C'était secondaire. Ce qui était en jeu, c'était l'occasion pour Rebecca, unique aux yeux de tous, de se marier.

Si Jacob ne fondit pas en larmes, c'est qu'il y avait du monde dans le bar, on pourrait jaser. La semaine suivante, on ne le vit plus, l'Argentin pas davantage. Rosa laissa fuiter l'information selon laquelle Jacob et son genre passaient leur temps dans le bureau du père de Rebecca, perdus dans d'interminables calculs.

Pendant ce temps, Rosa et Rebecca préparaient le trousseau. La nouvelle se répandit évidemment bien vite dans tout le quartier.

Ce qui nous attrista, mais qui réjouit certaines dames dont les filles ne trouvaient pas d'époux, c'est que Jacob se fût montré si naïf lorsque l'Argentin lui avait demandé d'aller retirer en liquide l'intégralité de la somme afin qu'il pût l'emporter en bus en Argentine : en procédant de la sorte, on ne perdrait pas de temps en formalités bancaires entre Porto Alegre et Corrientes, allégua-t-il.

Grisé par la tendresse que manifestait Rodolfo pour Rebecca, Jacob trouvait tout naturel. Il rêvait debout. Il remit tout l'argent, le sien et celui des prêteurs, à l'Argentin, dans une enveloppe. À la station routière, Rodolfo embrassa Rebecca, les yeux embués de larmes. Rebecca sanglotait. Rodolfo — était-ce bien là son nom ? — serra la main de Jacob et l'étreignit, puis il embrassa Rosa. Il salua aussi Geraldina, la bonne, avec laquelle il avait sympathisé et qui avait insisté pour venir. Il s'en fut.

Les jours suivants, Rosa fut le sujet de toutes

les conversations : elle vaguait par la ville pour acheter tout ce qu'il fallait pour l'enfant à venir, en vert, en bleu, en rose, en jaune, en blanc : elle ne savait pas s'il serait garçon ou fille.

On attendait l'invitation aux noces. Le bruit courut que la cérémonie n'aurait pas lieu dans la synagogue de la rue Henrique Dias, mais dans celle des Allemands, rue Mariante, ce qui vexa le rabbin : quel ingrat, vraiment, que ce Jacob, n'avait-il pas toujours pu s'en remettre à lui au moindre problème ?

C'était sans doute que la famille de l'Argentin comptait des juifs allemands, il y en avait beaucoup, là-bas en Argentine. « Mais n'est-il pas un Borenstein de Bessarabie ? », rappelaient certains. C'était peut-être les parents de Rodolfo qui avaient formulé cette exigence, qui sait… « Et s'il était allemand par sa mère ? » s'interrogeaient les curieux. Conjectures, conjectures, rumeurs : rien d'officiel, pas de faire-part.

Deux semaines se passèrent : Jacob n'avait pas réapparu à sa boutique. Le silence de l'Argentin inquiétait et irritait la famille de Jacob. Il avait promis d'appeler dès son arrivée à Corrientes et rien, pas un coup de fil. Jacob attendit encore dix jours et décida d'appeler son futur gendre. Mais son numéro ne répondait pas, ne répondait jamais.

Rebecca alla à la poste centrale pour y consulter le secteur international : le numéro n'existait pas. Elle ne put y croire, elle se disputa même avec l'employé. Deux mois de silence de l'Argentin passés, Jacob décida d'aller consulter le rabbin de la synagogue de la rue Henrique Dias.

Le saint homme le reçut un peu froissé, mais bien vite, il compatit.

Jacob pleurait à chaudes larmes, la main gauche sur la Torah.

Le rabbin contacta par téléphone quelques membres de la congrégation juive d'Argentine : personne n'avait jamais entendu parler d'un « Rodolfo Borenstein », encore moins de sa famille. La seule Borenstein était une veuve sans enfants qui n'avait jamais entendu parler de l'Argentin ou de quelque autre branche de la famille Borenstein que ce fût...

Le rabbin embrassa Jacob : il devait parler à Rebecca.

L'Argentin était un imposteur, il avait appliqué la technique que les rabbins new-yorkais appellent « la paume de la main ». Le rabbin était désolé de voir qu'elle avait fonctionné à Porto Alegre. Il avait bien vu des cas similaires, mais pas portés à ce point de raffinement. Il conseilla à Jacob de tout dire à Rosa et Rebecca. Jacob hésitait : sa femme était cardiaque et quant à Rebecca… cette tragédie pouvait la conduire au suicide…

Le rabbin le rassura : Freud n'avait-il pas enseigné que le suicide était lié à une maladie mentale antérieure dont aucune des deux femmes ne souffrait ?

Il devait se calmer. Dieu l'assisterait.

Comme Jacob ne venait plus au bar, même les samedis avant le déjeuner, on commença à soupçonner que quelque chose eût tourné vinaigre.

On apprit bientôt que la boutique de Jacob avait été vendue à un voisin d'origine palestinienne, que les employées en avaient été licenciées dans les formes. On se présenta à la porte de la maison de Jacob, mais personne ne répondit, quoiqu'on y vît de la lumière. C'était comme si la famille avait abandonné la vie du quartier.

Une nuit, nous regardions la télévision, quand on sonna. C'étaient Jacob, Rosa et Rebecca, tête basse, gênés.

Maman éteignit la télé, nous envoya au lit et les adultes furent converser dans le salon.

Les lèvres de Jacob tremblaient. Son regard était empreint d'une terrible tristesse. Il ne pouvait dissimuler son envie de pleurer.

Il prit la main de papa et lui dit qu'il lui apportait la moitié de la somme prêtée. Il apporterait le reste le mois suivant. Il avait vendu sa boutique à un homme qui avait promis d'achever de le payer à échéance d'un mois.

Papa le rassura : il n'y avait aucune urgence.

Tous étaient très émus. L'Argentin inspirait confiance, disait Rosa, il semblait très pieux, il prétendait venir d'une famille juive respectable… il semblait avoir juste besoin d'un petit coup de pouce, comme Jacob et Rosa, au temps de leur mariage…

Elle baissa la tête : elle n'était pas non plus très belle, quand elle s'était mariée, confia-t-elle devant sa fille, qui ne savait quoi dire. Personne n'en voulait, là-bas, en Lituanie, le mariage avait été arrangé par le rabbin. C'était comme ça, à l'époque. Elle avait épousé Jacob sans amour, parce qu'il était gentil et travailleur.

Elle avait appris à l'aimer. C'était un homme de peu de mots, mais il était bon, pétri de qualités, honnête, sensible au point de pleurer devant des films, généreux aux humbles, respectueux de ses employés. Ils avaient fini par bien s'entendre, par comprendre leurs silences mutuels. Elle avait fait patience et avait fini par l'apprécier.

Quand elle était triste, elle se réfugiait dans les toilettes pour pleurer. Lui s'asseyait près de la porte, sans rien demander, pour lui tenir compagnie. Et quand la crise était passée, il lui prenait la main dans le canapé du salon, tendrement. Elle n'était pas non plus très loquace de nature. Elle avait une immense nostalgie de sa terre et de ses parents. Quand il la sentait en détresse, il changeait de conversation. Elle ne savait pourquoi, elle pensait que c'était le moment de dévoiler ce qu'elle ressentait.

Ce qu'on appelle «amour», dit-elle, peut prendre des tas de formes. On peut le rencontrer. On peut vivre des passions de quelques mois, tout quitter par amour et être déçu... Jacob et elle avaient été mariés par convention, mais les choses avaient bien tourné. Ils ne savaient ni l'un ni l'autre s'ils seraient un jour heureux, ils avaient misé sur le bonheur et ils l'avaient en quelque sorte trouvé. Rosa ne savait toujours pas au juste ce qu'on nommait «amour»... Vivre en paix avec son époux, dans le respect de ses silences et de ses peines, n'était-ce pas aimer, au fond?

Rebecca devait miser sur le bonheur, elle aussi, elle trouverait un bon garçon à épouser ; le rabbin, une connaissance, allait certainement tôt ou tard lui présenter quelqu'un et tout irait pour le mieux. Rosa eut un sourire gêné : elle avait bien eu une passion, autrefois, en Lituanie, avant de connaître Jacob, pour un Gentil qui coupait du bois pour sa famille. Elle savait que ses parents n'auraient jamais accepté qu'elle l'épousât.

Son père lui avait interdit de le voir, elle en fut aussi désespérée que sa fille l'était aujourd'hui. Mais le temps avait guéri sa blessure et elle avait retrouvé le sourire. « On a toujours une seconde chance, dans la vie » dit-elle à Rebecca.

C'était une jeune fille empruntée, pauvre, ingrate, sans dot : elle fut extrêmement surprise quand le rabbin apprit à sa famille qu'il avait trouvé quelqu'un pour elle, un bon mari.

Bien vite, Jacob et Rosa furent époux. Il était déjà presque chauve, voûté, et fuyait les regards. Mais il finit par la regarder dans les yeux et par l'aimer bien. La concorde, le respect, la compréhension, finirent par s'installer au sein du couple. « C'est la vie des gens ordinaires, elle n'a rien de romanesque, l'amour n'est pas comme la passion, il se nourrit de patience pour durer », ajouta Rosa, puis, à sa fille : « l'important, dans la vie, c'est de tenir compagnie à l'autre, de lui offrir sa patience, d'affronter avec lui ce qu'on ne peut affronter seul. »

Elle avait tiré de l'expérience d'une vie cette leçon que les gens étaient au fond tous semblables, qu'ils partageaient mêmes désirs, mêmes rêves et mêmes peines : c'est le pari sur le bonheur qui les distinguait.

Elle posa ses mains sur le visage de sa fille et lui enjoignit de ne pas s'inquiéter : Dieu et le rabbin pourvoiraient à son bonheur. Quelqu'un viendrait assurément à elle : les gens finissent toujours par se rencontrer. À une femme droite, de bonne famille, le bonheur était promis.

PEMA JIGME[1]

L'épisode que j'aborde ici est certes peu vraisemblable, mais je vais tout de même tenter de le relater. Que vous me croyiez ou non, je voyageais à la demande de Monsieur Aleksander Akounine dans un train qui devait me mener à Zvarzmin, un petit village dans lequel le Russe avait découvert qu'il existait des membres éloignés de la famille de mon père. Un moine tibétain entra soudain dans mon compartiment. Il me demanda la permission de s'asseoir à mes côtés. Contrairement à ce qui se produit dans le fameux poème de Camões sur l'amour, où l'on « surgit je ne sais d'où » et où l'on est « douloureux je ne sais pourquoi », le lama et moi savions pertinemment, comme de tout temps, que nous allions traverser la Russie pour nous

---

1 : Chapitre initialement paru dans *Le Parent d'l'humanité*, Ardavena éditions, 2023.

rendre en Mongolie.

Cette ligne de chemin de fer est impressionnante : depuis son point de départ jusqu'à la Corée du Nord, elle parcourt neuf mille deux cents kilomètres et traverse huit fuseaux horaires. Cette mention de distance explique pourquoi, durant le XIXe siècle, le manque de voies adéquates et sûres obéra le développement de la Sibérie, relativement à celui des autres régions constitutives de l'Empire russe. La situation s'améliora un peu en 1891, lorsqu'Alexandre III entama la construction de cette incroyable voie de chemin de fer, qui fut achevée en 1916. La ligne classique, celle que j'empruntai, partait de Moscou et se dirigeait vers Vladivostok, une métropole portuaire sise au bord du pacifique. En Russie, un tiers des produits de la terre destinés à l'exportation prennent la mer depuis ce port.

La ligne se divise en deux bras : le Transmandchourien et le Transmongolien, mais tous deux arrivent à Pékin. Nous étions forcément aux alentours du mois de juillet : en fin et en début d'année, il est impossible d'assurer le bon fonctionnement du réseau. Le moine allait à Oulan Bator, moi à Vladivostok. Il fut ravi lorsque je l'invitai à déguster des plats typiques de la cuisine régionale au wagon-restaurant : il vida une bouteille de vodka. Retour au compartiment, je lui demandai son nom. Il éclata de rire : « Ah alors comme ça, monsieur est en quête de noms ? » Je répondis que c'était en effet le but de mon voyage : je cherchais des liens de parenté.

Il m'expliqua qu'il y avait plusieurs manières d'identifier les gens au Tibet. Dans de nombreuses cultures, on inclut des références familiales entre le prénom et le nom, comme le font les Russes, par exemple, lorsqu'ils disent « Ivanovich » pour « fils d'Ivan ». « Mais chaque culture a sa manière propre d'identifier les enfants », compléta-t-il. Au Tibet, les noms de famille sont très peu usités. Les gens s'appellent par leurs prénoms qui sont souvent drôles. Dans la région centrale, on utilise deux prénoms, chacun comportant deux syllabes. À Lhassa, par exemple, « Tsering » et « Yangchen » forment le prénom d'une petite fille, tandis que celui d'un petit garçon peut être formé de « Dawa » et « Tsering ». Dans les régions d'Amdo et de Kham, les règles peuvent être tout autres. Les prénoms de trois syllabes doivent venir d'Amdo. Dans la région centrale, à Llasa, on connaît le sexe grâce au second prénom. « Pema Dolkar » est une femme, parce que « Dolkar » est exclusivement féminin, « Pema Wangchuk » est masculin, parce que « Wangchuk » est un élément masculin. Mais nombreux sont aussi les prénoms neutres comme «Dawa», «Pasang», «Karma» ou «Sonam». Les noms typiquement féminins sont «Wangmo», «Yudron», «Lhamo», «Chokyi», «Yangchen» et bien d'autres. Les noms masculins peuvent être «Jamyang», «Jigme», «Dorjee», «Phuntsok», «Wangyal» et ainsi de suite. On trouve de surcroît des formes plus complexes. Il s'appelait Pema Jigme.

Les parents peuvent demander à un moine ou à un cacique de choisir le prénom de leur enfant. Si c'est un moine, il choisit en général un prénom étroitement lié à la tradition religieuse. Mais quand ce sont les parents de l'enfant qui choisissent, cela peut devenir très amusant. Très souvent, les enfants reçoivent des prénoms votifs qui traduisent des attentes, des espoirs : «Tsering», «longue vie», «Sherab», «savoir», «Jigme», «courageux», ainsi de suite. Il y a des parents qui donnent à l'enfant le nom du jour de la naissance, comme «Dawa», qui signifie «lundi», ou «Penba», «vendredi». Le prénom peut traduire un désir fervent des parents. S'ils désirent que l'enfant soit le dernier, ils peuvent l'appeler «chungdak», qui signifie «benjamin» ou «petit», ou bien, «chokpa», qui signifie littéralement «baste!». Lorsqu'un enfant tombe malade, il peut recevoir un nouveau prénom, dans l'espoir qu'il lui donnera une chance de guérison. Comme dans toutes les langues, il existe des surnoms, en tibétain. Dans ce cas, les Tibétains contractent deux prénoms en un seul, en conservant la première syllabe du premier avec la première du second, comme dans «Tsering Yangchen», qui devient «Tseyang».

Le moine m'apprit enfin que tels n'utilisaient que le premier ou le second prénom, comme quand «Nyima Wangdu» devenait «Nyima». Je lui avouai que j'avais trouvé sa description des noms du Tibet fantastique, que je voyageais autour du monde en quête de liens de parenté et que c'était la raison pour laquelle j'accordais tant d'importance aux noms. Il me demanda : «Mais pourquoi donc, puisque nous formons une seule famille?». Dieu, que j'ai aimé cette remarque du lama!

Ce qui m'étonna le plus fut de voir mon ami Pema Jigme s'installer de son côté du compartiment et tirer de son sac en tissu *Vidas secas* de Graciliano Ramos, roman publié en français sous le titre de *Sécheresse*. J'en pleurai presque. Je lui confiai que j'étais très ému de voir quelqu'un qui vivait si loin de chez nous lire un auteur brésilien. Je me souvins que Léon IX, ce pape avec qui j'avais eu plusieurs rencontres spirituelles, s'était aussi montré intéressé par cette œuvre. Le moine me répondit que nous étions plus proches que je l'imaginais, puis il m'offrit une tasse de thé et reprit sa lecture. Je me souvins alors du premier chapitre du livre, dans lequel Graciliano livre un résumé de *Vidas Secas,* la saga de la petite chienne Baleia, de la mère Sinhá Vitória, du père Fabiano et de leurs deux enfants. C'étaient là des gens sans nom ni prénom, des anonymes victimes du mépris et de l'exploitation à l'œuvre dans notre pays. Il y a une phrase du livre qui dit : « les malheureux avaient marché toute la journée, ils étaient fatigués et affamés. Il y avait des heures qu'ils cherchaient de l'ombre ». Ce n'était pas à proprement parler une œuvre sur la sécheresse, mais sur les « Vies sèches ». L'ouvrage, publié en 1938, a été écrit de telle sorte que nous pussions le lire en commençant par le début, le milieu ou la fin. Ainsi va la vie dans l'aridité du sertão. Chaque chapitre de l'existence y a sa vie propre et forme avec les autres une sorte de « tourbillon sériel » de vie âpre.

J'ai certes lu *Sécheresse* dans le cadre de mes devoirs de classe, mais le récit de la vie de ses personnages, Fabiano, Sinha Vitória, la petite chienne Baleia et les deux petits garçons, m'a rendu solidaire de cette famille en proie à la violence sociale. En effet, en sus de la sécheresse et de la quasi-impossibilité de mener une vie normale à laquelle condamne l'adversité destructrice de la nature, Fabiano et sa famille sont victimes de l'oppression, des relations de domination établies par les êtres humains, ce qui rend le tableau de l'auteur encore plus douloureux. Graciliano montre la «vie minuscule» de sujets soumis à un faisceau diabolique fait d'exploitation, d'humiliation et d'aliénation. Il met à nu les plaies des miséreux issus d'un pays où les gouvernants se fichent éperdument de la survie de la population abandonnée à la sécheresse.

S'adressant à moi avec une douceur que je n'avais encore jamais connue, le moine m'invita à jouer aux échecs sur la tablette du train. C'était sans doute un passe-temps, mais il me garantit qu'il constituerait en outre une expérience singulière : tel fut bien le cas. J'observai l'échiquier : les pièces s'y mouvaient d'elles-mêmes. Je me trouvai soudain dans une région d'Afghanistan frontalière du Pakistan. Tout s'était transformé comme par magie en un immense échiquier peint sur le sable avec du sang de chameau. Les pièces avaient pris vie : le cheval hennissait et les pions causaient. Les deux tours, de leur hauteur, murmuraient des conseils au roi et la reine discutait avec ses sujets et semblait avoir barre sur le souverain. La passivité du roi était confondante. Mon adversaire du jour n'était point le moine : c'était Staline. Nous nous trouvions au cœur de la République islamique d'Afghanistan, ce merveilleux, cet étrange pays souverain sans littoral, sis en Asie Centrale. Des hommes aux longues barbes, vêtus de costumes typiques de la région, assistaient à la partie, parlant très fort et tous en même temps, comme s'ils disputaient sur le parti à soutenir. C'était des individus du commun d'âges divers, Pakistanais, Iraniens, Turkmènes, Ouzbeks, Tadjiks, et, dans mon dos, Chinois. Le site était superbe : j'avais l'impression d'être sur la route de la soie, à l'endroit même où un groupe d'archéologues découvrit les vestiges de la présence humaine au Paléolithique, aux environs de 50 000 ans avant Jésus-Christ.

C'était par le centre de l'échiquier que passait la ligne imaginaire qui liait le Moyen-Orient à l'Asie Centrale et au continent indien. Depuis la position de la tour de droite, je pouvais sentir s'exhaler les effluves sanglants des soldats tués pendant les batailles d'Alexandre le Grand, Chandragupta Maurya et Gengis Khan. J'entendais le vacarme du passage des troupes des différentes dynasties qui dominèrent la région, Gréco-Bactriens, Kouchans, Sépharades,

Mongols. L'Histoire moderne de l'Afghanistan commença au début du XVIIIe siècle, avec l'ascension des Pachtouns, et l'établissement de la dynastie des Hotakis, à Kandahar, puis avec le règne d'Ahmad Shah Durrani. La capitale ne fut transférée à Kaboul que des décennies plus tard. L'empire afghan succomba aux forces des empires voisins à la fin du XIXe siècle. Tout paraissait clair sur cet échiquier dont les limites étaient marquées avec du sang. Tel un spectateur privilégié de l'histoire, je revivais l'époque à laquelle la région faisait l'objet de la convoitise des Anglais et des Russes. Tout ce pan d'Histoire s'acheva avec la révolution marxiste de 1978. L'année qui suivit la révolution, les Soviétiques envahirent le pays. Puis ce fut le temps de l'intervention américaine : les conflits avec les moudjahidines se soldèrent alors par la mort de plus d'un million d'Afghans. Avec la victoire des forces rebelles, en 1992, commença une guerre civile au terme de laquelle le pays tomba aux mains des talibans. En l'observant de plus près, je m'aperçus que l'échiquier n'était pas seulement tracé sur du sable, mais aussi sur les crânes innombrables des soldats morts sur les champs de bataille.

Après le fatidique 11 septembre 2001 et la destruction des tours jumelles de New York, de nouveaux combats firent rage en Afghanistan, causés par l'intervention punitive des États-Unis. Une «force internationale» fut constituée afin de garantir la stabilité de la région. Le bilan de toute cette affaire fut la transformation de ce beau pays en l'endroit le plus dangereux du monde et en le plus important fournisseur de réfugiés et de demandeurs d'asile politique. Des groupes terroristes comme le Haqqani et le Hezbi Islami utilisent le même uniforme que les pions noirs de l'échiquier et sont toujours actifs de nos jours, provoquant instabilité, assassinats et attaques suicides. La partie d'échecs achevée, je continuai à fixer l'échiquier, l'échiquier géant, l'échiquier vivant, le sanglant l'échiquier. Il semblait nous ramener à l'époque du stalinisme, exhibant les visages des indésirables du régime, des envoyés au goulag. Je pus apercevoir Soljenítsin marchant péniblement dans la neige. C'est en direction des vents froids et des prisons glaciales que partaient les condamnés des années 1934 à 1938, les soi-disant «contre-révolutionnaires», les ennemis putatifs du stalinisme, victimes des jugements de masse expédiés par Staline.

Le moine darda son regard sur moi et rangea l'échiquier dans sa besace. Comme nous prenions congé, il m'embrassa affectueusement et me dit qu'il avait quelque chose de très intime à me confier. Il n'était pas du tout tibétain. Sa mère venait de Bessarabie, zone occupée par les Russes. Au cours d'un voyage en train, elle s'était éprise d'un Chinois et ils avaient décidé de demeurer ensemble. Je répondis que je savais fort bien où se trouvait la Bessarabie. Mon grand-père en venait. Je compris que Pema Jigme était le fruit de cette belle histoire d'amour. Sa mère s'appelait Sara, mais elle changea son nom pour celui de « Liu Kyak ». Ses parents furent très heureux dans ce Tibet où il avait vu le jour. Le train avait sifflé depuis un bon moment, je fus contraint de sauter en marche. M'adressant ses adieux par la fenêtre, le moine me cria qu'il avait été ravi de rencontrer un de ses parents. Je hurlai : « que voulez-vous dire ? » Le moine fit porte-voix de ses mains et tonitrua le surnom de sa mère… c'était quelque chose comme « Chuatsemen », mais cela aurait très bien pu être « Schwartsmann » : comment savoir, avec la distance ?

TROIS DAMES FORT RESPECTABLES

Il est important de souligner, en guise de propos liminaire, que les allusions que je m'apprête à faire au mythe de Sodome et Gomorrhe valent essentiellement comme métaphore des excès auxquels peuvent nous mener nos pensées pécheresses, excès que je vais évoquer au cœur des récits qui suivent.

Tout commence ce jour où j'aidais maman à rapporter les commissions du marché qui se tenait chaque semaine rue João Teles, dans le quartier de Bom Fim, à Porto Alegre.

Je devais avoir quatorze ans. « L'enfer, c'est les autres », dit Sartre, le père de l'existentialisme, dans une de ses formules célèbres. Sartre et Camus sont mes existentialistes préférés, mais j'avoue une préférence pour le second.

Tous deux expliquent à quel point la raison est inopérante pour rendre compte des problèmes humains. On dit que leur plus grande influence fut la pensée de Kierkegaard, qui fait sienne les concepts d'authenticité, de responsabilité, de choix, d'angoisse et d'absurde.

Pour ma part, je pense que Schopenhauer et Nietzsche influencèrent au même niveau leur pensée. Sartre fut le grand nom de la pensée française d'après-guerre. À l'en croire, avant de prendre telle ou telle décision, nous ne sommes rien. On retrouve le Nietzsche de « l'éternel retour » dans cette idée : ce sont nos choix qui forgent notre existence.

La liberté qui est la nôtre de choisir notre destin est la cause principale de notre angoisse. Se mentir à soi-même est une lâcheté. C'est pourquoi nous devons bien peser nos décisions et nous reconnaître en leurs effets dans le regard d'autrui.

Je conterai ici trois histoires que j'ai entendues chez moi quand j'étais adolescent et qui, d'une certaine façon, gauchirent et démystifièrent l'image de rectitude et de pureté que j'avais des femmes juives. Elles traitent toutes trois de la question du choix, que Sartre jugeait centrale. Enfant, je m'imaginais qu'il n'y avait nulle pécheresse parmi les femmes juives. Elles étaient toutes des saintes, à mes yeux. Nos vies n'étaient-elles pas guidées par les textes sacrés ? Les conduites déviantes, surtout sur plan sexuel, étaient-elles compatibles avec le statut « d'élus de Dieu » ?

Douce illusion, innocence infantile. À l'orée de mon adolescence, je pensais que les putes, pour paraphraser Sartre, « c'étaient les autres », car les juives étaient issues de familles qui craignaient Dieu et ne pouvaient se fourvoyer moralement. Un ami à moi m'assurait même qu'il n'y avait pas de prostituées juives. Je le jugeais impossible. Ça l'était. Il y a des putes en Israël, comme il y en a partout.

Le lecteur et le rabbin me pardonneront de raconter, aux pages qui suivent, certains faits dont je sais qu'ils prirent source dans le sein intime.

Selon ma grand-mère Clara, on devait juger le degré de libertinage à l'aune des descriptions bibliques de Sodome et Gomorrhe.

Ces deux villes furent détruites par la volonté de Dieu, la Bible rend compte de cette destruction avec un luxe de détails.

Les habitants des deux villes furent exterminés, pardon pour la crudité du mot, pour avoir désobéi aux lois divines et sombré dans la dépravation sexuelle.

On disait que les villes se trouvaient au nord de la Mer morte, à un endroit où la vallée de Jourdain s'élargit pour former une plaine. Mais des preuves semblent attester aujourd'hui qu'elles étaient érigées au sud de la Mer, dans une aire aujourd'hui submergée par une eau peu profonde. Les plus superstitieux étaient séduits par cette thèse, en raison de la stérilité absolue du lieu, stérilité en laquelle ils voyaient un effet de la colère divine. On évoquait aussi la forte odeur de soufre et de matière putréfiée que les chrétiens les plus fervents sentaient, quand ils passaient dans les parages.

Certains affirmaient aussi que les deux cités pécheresses éteint sises sur une pente située au sud-est de la Mer morte, nappe presque toute de sel. Les guides touristiques l'appellent « la femme de Loth », en référence à l'épisode de la destruction de Sodome où cette femme est changée en statue de sel. Ça a du sens.

J'aurais aimé connaître Kedorlaomer, qui avait accédé au trône de Sodome, de Gomorrhe et des autres cités de la région, après avoir vaincu les rois mésopotamiens.

La destruction des deux villes est fort bien détaillée aux chapitres dix-huit et dix-neuf de la *Genèse*. Un foudre descend du ciel et frappe les cités. La Bible dit : « le seigneur fit pleuvoir le feu et le soufre ».

La destruction fut si considérable, nous dit la Bible, qu'elle atteignit toute la plaine, y consumant humains, animaux et végétaux. La région fructifère et peuplée devint absolument stérile et déserte : Dieu s'était vengé de la perversion des citoyens locaux.

Du *Deutéronome* à Isaïe, Jérémie, Ezéquiel, Mathieu et à l'*Épître aux Romains*, la description des péchés commis dans les deux cités maudites se construit pied à pied de façon saisissante. Quand les deux anges mandés par le Seigneur s'y rendent, ils découvrent l'ampleur des péchés des habitants qui y violent tous leurs invités et les visiteurs étrangers, en toute impudence.

Ce que nous content les textes sacrés, c'est que celui qui vit loin de Dieu est condamné au péché et qu'il convient que l'homme soit, comme le disait justement Camus, «empêché».

Sans vouloir induire le lecteur à des associations malvenues, je m'en vais conter mes trois histoires.

La première a pour cadre le cœur de Bom Fim, à l'un des angles de la rue Henrique Dias, un peu en amont de la synagogue du Centre israélite.

Là, une fois par semaine, se tenait un marché en plein air, en bas de la rue João Teles.

Rien à voir avec Sodome et Gomorrhe : c'était un point de rencontre habituel et de notoriété commune des juifs et des autres habitants du quartier. Ça l'est encore.

Dans ce marché, l'on pouvait trouver de tout :

des fruits, des légumes, des céréales, de la viande, des sous-vêtements, des ustensiles de cuisine, des casseroles et toutes sortes de récipients en verre.

C'était un véritable forum où le téléphone arabe fonctionnait à plein.

J'adorais m'y rendre avec maman : j'y renouvelais mon stock de confiseries. Et puis c'était bien agréable d'y constater combien maman et ma grand-mère étaient populaires dans le quartier !

C'est à l'occasion d'une de ces sorties que nous croisâmes une dame âgée, au bras de sa fille, une femme qui devait avoir la quarantaine.

Maman voulut absolument la saluer, mais la vieille la snoba et ne lui rendit pas son salut. Sa fille seule la salua discrètement. Maman sourit : elle n'était pas étonnée, murmura-t-elle, elle s'y attendait.

Voilà comment débute ma première histoire : la vieille s'appelait Haike et était une connaissance de ma grand-mère Clara. Haike et Clara étaient venues de Lituanie dans le même bateau.

Je ne compris pas ce que me disait maman. Elle me susurra à l'oreille qu'elle me raconterait l'histoire de cette vieille mal élevée quand nous serions de retour à la maison.

Cet épisode aura plus de sel quand j'aurai raconté mes deux autres histoires : les trois récits s'éclairent l'un l'autre.

Leurs trois protagonistes vécurent à Bom Fim à partir du début du XXe siècle, elles avaient connu ces rues où nous marchions, maman et moi.

De nos jours, Bon Fim est un quarter cosmopolite où étudiants de province et habitants de fraîche date venus du centre de Porto Alegre se mêlent aux familles juives, notamment à l'occasion des courses au supermarché Zaffari de la rue Fernandes Vieira.

Les trois femmes dont je vais relater l'histoire arrivèrent de Lituanie entre 1910 et 1916.

Leurs destins furent distincts, leurs comportements aussi. Ils présentaient des traits communs, mais rien, selon moi, qui eût à voir avec telle prédétermination génétique.

Étrangement, les juifs originaires de Lituanie semblent avoir conservé jusqu'à aujourd'hui, quelles que fussent les relations qu'ils nouèrent, le même patrimoine génétique. La population d'origine lituanienne du Brésil semble être demeurée très homogène au plan génétique, elle semble, au regard d'études récentes de leur ADN, encore proche des groupes lettons, estoniens et finlandais, de ce point de vue.

Les juifs lituaniens sont des Ashkénazes et ils intéressent diablement les généticiens pour présenter des caractéristiques très singulières, par exemple une forme rare d'excès de cholestérol dans le sang qui remonte au XIVe siècle, période à laquelle ils arrivèrent dans le petit pays balte. Certains chercheurs affirment que le patrimoine génétique des juifs lituaniens leur offre une certaine résistance au SIDA qu'on rencontre chez nombre d'entre eux. Cela peut-être le signe tout darwinien d'une exposition ancienne aux épidémies de variole ou de peste bubonique.

Je ne fais ici aucune allusion bégueule au comportement sexuel de mes trois héroïnes, comme un lecteur pressé de conclure pourrait l'imaginer, surtout s'il a en tête les éléments que je suis sur le point de porter à sa connaissance.

Madame Sarah était cette dame qui avait ignoré maman. Elle avait un passé, nous en avons tous un, certes, mais du sien, que ma grand-mère connaissait bien, je veux ici dire ce qu'il eut de piquant. Le lecteur comprendra alors le comportement que Sarah avait résolu d'adopter vis-à-vis de tous les membres de notre famille. Toute l'affaire était que Sarah pensait que ma grand-mère avait dû nous raconter des choses très intimes à son sujet, des choses qui regardaient son comportement durant la longue traversée qui avait guidé les deux femmes de Lituanie jusqu'au port de Rio Grande, au début du XXe siècle.

Ma grand-mère ne nous avait rien raconté et n'avait jamais formulé aucun jugement moral touchant à l'attitude sexuelle de Sarah durant le voyage. Seule maman en connaissait quelques détails, au sujet desquels elle avait promis de garder le secret, ce qu'elle ne fit pas, car elle nous en fit part. Elle ne le fit pas pour nuire à la vieille dame : je crois qu'elle pensait qu'on pourrait un jour tirer de son récit un peu de littérature convenable.

Madame Sarah n'était pas ce que nous appellerions aujourd'hui une « féministe ». C'était une femme assez ordinaire, mais bien faite, longiligne, à la poitrine voluptueuse et au joli sourire.

Son mariage fut arrangé en Lituanie. Les époux décidèrent d'émigrer au Brésil. Elle embarqua six mois avant la date prévue, quelque temps après son mari qui y était parti en éclaireur.

Selon ma grand-mère, Sarah était ce qu'on appelle une femme « ardente » et sa conduite sur le bateau causa bien plus de tumulte que les tempêtes essuyées durant la traversée. L'amie Sarah ne savait pas se contrôler sexuellement. Elle satisfaisait son insatiable désir avec tous ceux avec qui elle conversait en mer. Maman disait qu'elle le savait de source pondérée : ma grand-mère n'était certes pas du genre à fabuler. Sarah était ce que les psychiatres nomment une « nymphomane ».

Le voyage était long, les occasions ne manquaient pas à Sarah d'assouvir ses pulsions, et je ne parle pas des escales…

Le libertinage de Sarah n'avait rien de politique, elle ne voulait pas non plus humilier son mari : elle était tout bonnement incapable de résister à ses pulsions sexuelles devant un corps masculin un peu intéressant. Sarah était sous l'emprise d'une incontrôlable libido. Son attitude ne visait que le plaisir, le plaisir pur.

À cet instant de mon récit, je veux raconter au lecteur une curieuse histoire qui me revient en mémoire.

À la fin du XIXe siècle, dans une petite ville du Minas Gerais, parut un journal qui s'appelait *Le Sexe féminin*, au plus grand effroi des conservateurs, à une époque monarchique, catholique, puritaine, où ils dominaient la scène culturelle. L'hebdomadaire ne cachait pas ses ambitions : il voulait, en toutes lettres, « se vouer aux intérêts des femmes ».

Madame Francisca Senhorinha da Motta Diniz, à l'initiative de cette parution scandaleuse, voulait lutter pour les droits de la femme. Elle ne s'intéressait pas particulièrement à ces besoins biologiques qu'exprimait Sarah, mais avait en tête la mise en cause du système patriarcal.

À cette époque, les garçons étudiaient la logique quand les filles étudiaient l'économie domestique et les arts.

C'était un modèle social au sein duquel on formait les hommes aux hautes fonctions sociales et les femmes à la bonne tenue du foyer. Cela choquait Francisca, figure qui doit être mentionnée ici, si l'on veut comprendre l'Histoire de l'émancipation sexuelle dans cette région du Brésil.

Dans le tout premier numéro de la revue, Francisca établissait un parallèle entre l'indépendance de la nation et l'émancipation des femmes.

Si l'appétit sexuel de Sarah s'assouvissait au contact de tous les membres de la marine marchande, Francisca n'avait en vue rien moins que ce que le titre de son journal semblait suggérer. Contrairement à Sarah, elle n'avait cure des plaisirs de la chair. En 1886, elle publia *La Juive Rachel*, roman qui évoque la traite des juives au Moyen-Orient et qui met en exergue de façon idéalisée l'éminence du sexe faible. J'évoquerai plus tard cette question de la traite : il m'importait juste de souligner le rôle essentiel que joua Francisca pour le développement du féminisme au Brésil.

Le cas de Sarah n'avait rien à voir ; elle était nymphomane, pas féministe : elle n'avait en tête que son plaisir.

À ma grande surprise et à celle du lecteur, je pense, elle subit une véritable métamorphose en foulant le sol brésilien : elle était soudain devenue timide, réservée, elle n'osait pas vous regarder dans les yeux !

Quand elle aperçut son mari qui l'attendait sur le quai au milieu d'un groupe de juifs lituaniens, elle le salua en agitant un gant : elle incarnait l'innocence féminine, je me hasarde à le dire. Elle pleura ce qu'il fallut, comme une jeune femme bien élevée qui a barre sur ses émotions. Il l'embrassa sur la joue, elle l'enlaça tendrement.

Les aventures sexuelles de Sarah avec tous ces corps masculins de la marine marchande demeurèrent celées sur le port de Rio Grande pour toujours. Elles furent tout bonnement effacées de sa biographie à l'instant où elle débarqua au Brésil. On ne la vit plus jamais s'adonner à son vice de passagère.

Maman et ma grand-mère nous interdirent toute mention du passé de Sarah. C'était une femme de Bom Fim comme les autres, qui y prenait soin de sa descendance en tout anonymat. C'est pourquoi je ne comprenais pas son attitude du marché. Maman m'expliqua que la culpabilité ne quittait jamais les êtres, pas plus Sarah qu'un autre.

Ses filles ne se doutaient de rien et sans doute s'étonnaient-elles de son attitude à l'endroit des nôtres. Elle redoutait sans doute l'impondérable, l'anxiété que notre rencontre pourrait générer chez elle. Le fait est qu'elle vécut le reste de sa vie sans voir sa dignité menacée : personne, jamais, y compris son adorable mari, ne suspecta rien.

Ses fautes demeurèrent pour toujours prisonnières des eaux du large et de la mémoire des juives qui avaient voyagé avec elle. Elle vécut heureuse avec sa crème de mari. Elle eut deux filles qui se relayaient pour l'accompagner au marché, fières d'y être au bras d'un des piliers de la morale judaïque de Porto Alegre!

J'en viens à ma deuxième histoire. Madame Mace habitait dans la montée de la rue Felipe Camarão, presque à l'angle de la rue Vasco de Gama, où chaque samedi se tient un marché d'excellent aloi. Quand je vis sa photo dans un faire-part des pages mondaines d'un journal de São Paulo, à l'occasion du mariage d'une de ses petites-filles, je me demandai si maman connaissait cette famille.

Mace, même à son grand âge, était encore une très belle femme, oui, très belle. Son mari, qui lui avait donné deux filles, était mort. J'évoquai la photo avec maman comme nous prenions le petit-déjeuner chez Guilherme, mon fils, qui habite São Paulo. Je la lui montrai : « si c'est bien la personne à qui je pense, tu tiens une autre fameuse histoire ! »

J'approchai ma chaise de la sienne. La dame de la photo était une de ces juives venues de Lituanie à l'époque où ma grand-mère Clara avait émigré. J'allais adorer son récit !

Incroyable, l'histoire de Mace. Elle était venue au Brésil avec son mari Aaron dans le même bateau que mon grand-père Jaime, quelques mois avant Sarah.

Mais, s'agissant de Mace, la configuration affective était fort différente. Son mari était un type bien, soucieux en toute occasion du bonheur de sa femme, qu'il avait épousée près de Vilnius, non loin de la ferme des grands-parents de ma grand-mère Clara. Mace, quant à elle, était une personne froide et calculatrice, incapable d'empathie. Selon Clara, elle n'avait jamais aimé Aaron.

Même, elle le méprisait. C'était une jeune fille pauvre dont on avait assuré la subsistance en la mariant. Elle n'avait jamais accepté, au fond d'elle-même, quoiqu'elle jouât les femmes au foyer exemplaires, ce mariage sans amour avec Aaron, qui la traitait pourtant comme une reine.

Aaron aimait sa vie, il chérissait sa femme ; mais Mace voulait émigrer, elle s'était mise en tête que son avenir résidait dans une vie nouvelle au Brésil. Elle insista tant qu'Aaron vendit tous ses biens et acheta des billets pour qu'ils gagnassent le Brésil.

Ce qu'il ne savait pas, c'est que Mace avait d'autres idées que lui en tête. Elle était tombée secrètement amoureuse du fils d'un maréchal-ferrant, un garçon d'une vingtaine d'années. À l'époque, Mace avait presque trente ans. Elle avait de splendides cheveux roux bouclés qu'elle tenait attachés. Mais quand elle en libérait le nimbe, sa beauté éclatait aux yeux de tous.

Elle s'habillait simplement, mais tout tombait bien, sur elle. Elle avait une poitrine opulente, la taille fine, et de longues jambes bien faites qui avaient attiré Samuel, son amant, qui l'avait fait monter sur sa charrette pour la raccompagner quand on eut ferré son cheval. Mace ne se sentit plus d'aise quand elle sentit les mains du jeune homme sur sa taille.

Des pensées concupiscentes envahirent ses rêves, des rêves où ils s'aimaient sans trêve. Elle ne le quittait plus. Elle lui jetait de redoutables œillades, lui demandait de l'aider à monter sur son cheval pour sentir ses mains sur son corps. Ce qui devait arriver arriva : leur romance lituanienne dura presque un an. Aaron ne se doutait de rien, assommé de travail.

Le père de Samuel comprit ce qui se tramait et envoya son fils au Brésil pour éviter l'opprobre.

Le garçon retrouva vite l'emploi qu'il occupait en Lituanie, à Pelotas. C'est son émigration, on l'aura compris, qui avait suscité un tel désir de départ chez Mace.

Aaron n'ignorait rien des avantages d'une émigration qui les sauverait des pogroms cosaques, mais s'agissant de Mace, les choses étaient tout autres : ce pourquoi elle voulait à toute force émigrer, ce pourquoi elle serinait son mari avec le départ pour le Brésil et tout spécialement pour Pelotas, c'était sa passion dévorante pour Samuel.

Ils partirent. On voyait sur le pont Aaron se promener au bras de sa femme, projetant une nouvelle vie. Rien ne fut plus triste que leur arrivée au Brésil. Dès qu'elle aperçut Samuel sur le quai depuis le pont, elle agita à toute force le mouchoir rouge qu'elle avait en main. Absorbé dans les formalités d'entrée, Aaron ne remarqua rien. Mais mon grand-père et quelques-uns de ses amis, si.

Aaron pensait que sa femme tiendrait sa promesse : ils vivraient ensemble au Brésil pour le restant de leurs jours. Mais à peine Mace eut-elle posé le pied à terre qu'elle courut enlacer Samuel. Elle ne le baisa pas sur la bouche, mais elle provoqua chez Aaron, homme doux et pur, incapable d'indélicatesse, un immense mal-être… il se douta de quelque chose, sentit que sa femme n'avait rien moins en tête que leur avenir commun.

Aaron ne saisit d'abord pas ce qui se passait. Samuel les aida à porter leurs bagages et comme c'était un jeune Lituanien, le mari pensa qu'il voulait être aimable et, qui sait, solliciter un emploi : il oublia sa première impression, mais les soirs qui suivirent, constatant l'allégresse de Mace, que Samuel ne quittait pas d'un pas, et voyant la façon dont ils causaient et se dévoraient des yeux, il se mit de nouveau à soupçonner quelque chose.

Il en perdit le sommeil. Il passait ses nuits à prier Dieu que rien de ce qu'il craignait n'advînt. Avait-il été le jouet d'une machination ? Mais le pire se produisit bel et bien : les deux amants prirent la poudre d'escampette peu après. Aaron n'en entendit plus jamais parler. Mon grand-père raconta qu'ils avaient emporté dans leur fuite une bonne partie de son argent et tous ses bijoux.

Aaron confia qu'il avait pensé au suicide, mais que sa foi l'avait empêché d'en venir à cette extrémité. Mace et Samuel s'en furent vivre à Rio. On disait à Bom Fim que le jeune homme y avait ouvert une quincaillerie à Copacabana et que les deux amants s'étaient mariés.

À ma grande joie, quelque temps plus tard, maman m'apprit qu'Aaron s'était remarié avec une jeune juive, fille d'une veuve polonaise dont le mari avait contracté la tuberculose quelques mois après son arrivée au Brésil, et qui avait travaillé dur pour élever ses quatre enfants, deux filles et deux garçons. Aujourd'hui, tous vivent à Porto Alegre. Les enfants grandirent et se marièrent. C'est l'aînée de la Polonaise qui avait épousé Aaron. Ils eurent deux fils, « deux bons gars », disait maman. L'un d'eux épousa une très riche juive de São Paulo.

L'autre fils d'Aaron resta à Porto Alegre. Il était homosexuel et vivait avec un inspecteur de police dans le sud de la ville. On ignorait tout de sa vie. Il mourut du SIDA. C'est l'inspecteur qui s'occupa d'Aaron durant ses derniers jours au « Lar dos Velhos », une maison de retraite de Porto Alegre.

Refermant la page du journal où apparaissait Mace, maman eut cette réflexion : « la vie n'est pas toujours juste… on dirait que Dieu ne voit rien, parfois, ou qu'il pardonne pour des raisons à lui, qui sait… »

La troisième histoire que j'ai choisie dans l'ample répertoire de maman et de ma grand-mère rend hommage à un homme que je n'ai pas eu la chance de connaître.

Marcelo Gruman est un chercheur qui a étudié une question sur lequel la communauté juive brésilienne a coutume de jeter un voile pudique : la prostitution des juives dans les bordels des capitales brésiliennes au début du XXe, les «Polonaises».

Comme je l'ai dit plus avant, elles venaient d'Europe de l'Est, pour l'essentiel. Ma grand-mère les jugeait «différentes» : leur façon d'être était en contravention des prescriptions des textes sacrés.

La première fois que j'appris leur existence, ce fut à la lecture d'un texte de Moacyr Scliar.

J'appelai maman qui n'ignorait rien du sujet, du haut de ses quatre-vingt-dix ans et des poussières. Pilier de Bom Fim, fille d'une femme qui la comblait de récits à ce sujet, elle n'ignorait rien des destinées des émigrées juives, mais ne m'avait jamais parlé des «Polonaises».

Rien de surprenant. Quand Scliar publia son roman, il reçut un coup de téléphone furieux d'une vieille dame juive qui lui reprochait de faire son beurre d'un outrage à la mémoire du peuple juif. Elle avait raison. Les «Polonaises» constituaient une exception issue de la misère, du désespoir et de la désagrégation sociale qui avaient frappé certaines régions de la vieille Europe. Ce qui leur était arrivé aurait pu arriver à des filles de n'importe quelle confession.

Ce qui était clair, pour Scliar, c'est que la communauté juive avait « refoulé » cet aspect de son passé. Nommer le diable pour l'exorciser lui était impossible. Mais les « Polonaises », quoi qu'on en eût, avaient bel et bien existé.

Quand je téléphonai à maman, elle me raconta des choses inouïes, mais qui devaient rester entre nous. Il fallait que se perpétuât l'idée selon laquelle l'ascension sociale des émigrés juifs avait eu pour fondements l'idée du « peuple élu » et la qualité des études qui autorisaient l'affranchissement et l'intégration aux plus hautes fonctions du corps social. Pas une famille juive qui ne tirât orgueil du nombre de juifs qui avaient remporté le prix Nobel.

Nous nous vantons tous d'avoir eu un enfant major d'un concours ou lauréat de telle ou telle distinction. C'est ainsi : pour nous, étudier est une question d'honneur. Je me souviens d'un de mes professeurs qui affirmait que parmi les émigrés, certains commençaient par construire des églises quand nous, les juifs, nous édifiions des bibliothèques. Peut-être, qui sait.

Je me souviens d'une famille juive très pauvre qui s'était ruinée pour acquérir l'encyclopédie *Mirador*, qui trônait sur sa modeste bibliothèque... mais est-ce là un trait distinctif de la communauté juive ? Bref...

Quoi qu'il en soit, le sort des « Polonaises » prouve que cette description du peuple élu voué à l'étude est en partie fantasmatique. Il y eut bien refoulement, un refoulement que l'anthropologie a bien documenté et qui touche toutes les communautés humaines, s'agissant du sort des prostituées juives des bordels brésiliens — et argentins, américains — du début du XXe siècle.

Ma troisième histoire traite d'une veille juive que connaissait ma grand-mère.

Elle avait embarqué jeune fille avec un homme de vingt ans plus âgé qu'elle dans un bateau où se trouvaient quelques-unes de nos connaissances. C'était la fille d'un paysan qui rendait des services dans la ferme des grands-parents de ma grand-mère, sise près de Vilnius.

Ils venaient de se marier, ils allaient refaire leur vie au Brésil. Une connaissance de Clara trouvait l'homme assez étrange. Il avait l'apparence d'un de ces maquereaux de l'époque qui enlevaient de jeunes filles pauvres en quête de mariage pour les livrer à la prostitution qui fleurissait dans le Nouveau Monde.

Que la communauté me pardonne, je dois à l'honnêteté de dire que nombre de ces proxénètes étaient juifs.

On dit même que le mot « *cafetão* », qui désigne au Brésil un maquereau, vient de « *cafta* », le nom du manteau traditionnel des juifs orthodoxes d'Europe de l'Est...

Les anciens savent pourquoi les jeunes filles se laissaient enlever : elles fuyaient, outre la misère, les pogroms barbares des cosaques.

Le développement de la prostitution au Brésil à la fin du XIXe est notoire. Le pays comptait beaucoup plus d'hommes que de femmes et la traite y prospérait. Mais on gardait sous silence la participation juive à cette expansion.

Quand j'en causai avec maman, elle donna au sujet un éclairage contemporain : elle ne citerait pas de noms, car les « Polonaises » avaient eu une descendance probe, parfois même prestigieuse. Les « Polonaises » venaient de Pologne, certes, mais aussi de Hongrie, d'Autriche, de Russie et d'autres pays. L'on ne sait si elles venaient de leur propre chef ou à la suite de manipulations.

Ce qu'on sait c'est que nombre d'entre elles

pratiquaient déjà la prostitution dans leur terre natale et qu'elles étaient venues au Brésil en raison de la croissance supérieure du marché sur le continent américain.

De nombreux vocables brésiliens courants trouvent leur racine, je le signale au passage, dans le lexique yiddish de la prostitution juive.

Les «Polonais» membres d'organisations criminelles allaient de village en village, se faisant passer pour des négociants qui avaient trouvé fortune en Amérique et aspiraient à renouer avec leurs vertueuses racines en épousant une fille de chez eux ; ils promettaient un avenir doré aux filles et à leur famille qui étaient inévitablement séduites par la perspective d'un bon mariage, et d'un mariage de surcroît salvateur.

Les jeunes filles ainsi enlevées entraient au Brésil avec leur faux époux, souvent accompagnées d'une mère maquerelle qui se faisait passer pour leur tante. La police portuaire était bernée : une jeune femme qui débarquait seule était soupçonnée d'être une prostituée et pouvait être refoulée. La même jeune femme, mariée et escortée par de la famille, entrait sans encombre.

Buenos Aires était en général la première étape américaine des «Polonaises». La capitale argentine était l'une des principales plaques tournantes du trafic de femmes. Une organisation mafieuse polonaise l'y contrôlait sous la façade légale de la «Société Israélite de secours mutuel de Varsovie».

Il en allait de même au Brésil : les proxénètes polonais avaient le monopole de la prostitution et du jeu à Rio et à São Paulo. L'Argentine avait très mauvaise réputation au sein de la communauté juive d'Europe de l'Est : on n'ignorait pas que des juifs s'y livraient au trafic de prostitués.

À Rio de Janeiro, c'est dans la «Zona do Mangue» que se concentrait la prostitution de bas étage. Là s'était constituée, en 1915, la «*Froien Farain*» ou «l'Association des femmes juives», qui tentait d'éviter l'enrôlement des émigrées par des proxénètes à leur débarquement au Brésil.

Notre pays vivait une époque de mutation urbaine. On voulait que ses métropoles se dégageassent de l'archaïsme colonial, de la saleté, de la promiscuité animale, du commerce ambulant et du manque d'hygiène qui effrayait leurs hôtes étrangers, et qu'elles fournissent à sa population des loisirs «à l'européenne», une vie nocturne, par exemple et, par voie de conséquence, une prostitution démocratique.

Des boutiques chics fleurirent, l'automobile parut, les costumes élégants, l'usage du français. On essayait d'éloigner la population, essentiellement noire, des centres-villes. La libre circulation des animaux était interdite, les fêtes populaires interdites et les taudis abattus. On voulait des boulevards, des cafés, des cinémas, des théâtres, des pâtisseries…

Cette nouvelle donne fit de Rio, par exemple, un grand centre d'import-export. On y voyait confluer des marins, des étrangers, des Brésiliens venus de toutes les provinces du pays. Ce fut de nature à entraîner le développement de la prostitution, la misérable et la sophistiquée. On vit débarquer «les Françaises», prostituées de luxe qui initiaient les jeunes bourgeois aux subtilités de l'amour et enseignaient l'art de vivre aux hobereaux incultes de province.

Prostitution et modernité allaient en somme de conserve.

Les artistes de cabaret entretenues par leurs riches amants, les théâtres et les cafés, dictaient la mode : on voulait vivre «à la Française». Pistes de danse et tripots proliféraient et la consommation de drogue était monnaie courante.

Même phénomène dans les autres villes du Brésil, en particulier à Belém et à Manaus, en raison du développement du commerce du latex, entre 1890 et 1910. Dans ces villes, c'est la prostitution d'origine russe qui s'était imposée. Les plus riches voulaient des juives, qu'on confondait avec les Françaises.

Le café le plus connu de Belém était « Le Moulin rouge », fréquenté par des prostituées raffinées.

L'attrait des filles polonaises, autrichiennes et russes, émargeait à un imaginaire irrésistible où régnaient la blondeur, la rousseur, la clarté des yeux.

Par contraste, dans le quartier de Bom Retiro, à São Paulo, où se concentrait la majorité de la communauté juive dans les années 1930, la prostitution à laquelle on se livrait était puissamment stigmatisée par la population. Ceux qui s'y livraient devaient se trouver une sépulture hors des cimetières communs.

La « Zwi Migdal », organisation mafieuse juive qui sévit de la fin du XIXe à la fin de la Seconde Guerre mondiale, s'adonnait à un proxénétisme qui n'impliquait pas que des filles juives. Son nom était un hommage à Luis Migdal Wereticky, l'un de ses fondateurs. Elle finit par se scinder en plusieurs groupes de moindre importance, tel « l'Ashkenazim », de Shimon Rubenstein. La « Zwi Migdal » avait ses « comptoirs » dans le monde entier, de New York à Shanghai, à son apogée, et elle détenait le monopole de la traite des femmes en Europe centrale et orientale, à Varsovie, à Berlin, à Paris et à Odessa. Au reste, ce trafic n'était pas, dans son esprit, chose récente : les Slaves avaient toujours pratiqué l'esclavage. « Slave » veut d'ailleurs dire « esclave », en anglais ; et le français « esclave » vient de « slave ».

Les « Polonaises » étaient célèbres dans le milieu noctambule carioca du début du XXe, surtout sous la présidence de Getúlio Vargas.

En Argentine, on les rencontrait dans plus de trois mille bordels. À Rio, elles se répartissaient entre la « Praça Onze » et la « Zona do Mangue ».

Après 1940, leur activité diminua puis s'éteignit : les nouvelles arrivantes étaient des exilées politiques qui fuyaient le nazisme : il n'était plus là question de prostitution. Les « Polonaises » faisaient l'objet d'une telle discrimination que leur dépouille devait trouver asile, sans cérémonie, dans des cimetières secrets, tel le Cimetière israélite de Inhaúma.

La protagoniste de ma troisième histoire est la petite-fille d'une des « Polonaises » les plus connues de Porto Alegre, celle dont j'ai parlé plus haut, venue en bateau avec son maquereau de faux mari.

La fille de cette Polonaise du bateau était une femme adorable, bien mariée et dévouée à sa famille. Maman avait rencontré sa fille par hasard. La petite-fille de la « Polonaise » était bibliothécaire dans une école de Porto Alegre.

Maman, qui y empruntait des livres pour nous, lut son patronyme sur son badge et fut intriguée.

L'orthographe du nom de la jeune femme n'était pas exactement la même que celle du nom de la «Polonaise», mais elle lui ressemblait diablement. Maman comprit immédiatement qu'elle était la petite-fille de la prostituée : enfant, elle avait connu sa mère.

Peu de temps après son arrivée au Brésil, sa grand-mère était déjà un phare de la prostitution de notre ville, une des principales mères maquerelles qui y opéraient. Elle dirigeait un très fameux cabaret, un des plus luxueux de la ville, où l'on pouvait même écouter des orchestres venus d'Argentine.

Ma grand-mère Clara la rencontra un jour au centre-ville au bras d'un jeune homme élégant : un client, un amant, nul ne savait ; ce qu'on savait, c'est que la mère du jeune homme était une dame élégante qui fréquentait l'église São José. La «Polonaise» avait quitté le milieu de la nuit, elle s'était mariée et rangée. Les parents du fiancé n'avaient pas assisté au mariage. Pour éviter les cancans, le couple s'était installé en périphérie.

Les filles du couple furent inscrites dans d'excellentes écoles et se lièrent avec des enfants des classes sociales les plus huppées de la ville. Elles finirent par y ouvrir un club excellemment achalandé. L'une d'elles était la mère de la petite bibliothécaire.

Une des fois où nous fûmes rendre des livres, maman s'enhardit : comment allait la mère de la jeune femme ? Elle ne l'avait pas vue depuis des années.

Elle allait fort bien et s'occupait de ses petits-enfants.

Au moment de quitter les lieux, maman lui demanda aussi des nouvelles de sa grand-mère.

Elle allait fort bien aussi : elle prenait de l'âge, mais sa mémoire était excellente, elle n'oubliait rien ni personne, elle se souvenait de tout, surtout des choses du lointain passé.

Mais d'où maman connaissait-elle donc sa mère et sa grand-mère ? On les connaissait bien, à Bom Fim, répondit maman.

La jeune femme était fière : sa grand-mère avait été quelqu'un dans sa jeunesse, une personnalité de la communauté juive, une grande entrepreneuse de Bom Fim. Elle avait dû quitter son métier pour se marier : pensez donc, elle avait épousé un catholique beaucoup plus jeune qu'elle, elle, une juive ! Il fallait bien que le couple déménageât pour éviter qu'on jasât…

Maman acquiesça du chef et prit congé.

Elle pensa in petto que le temps était décidément le maître du vrai… qu'il arrangeait toujours les choses au mieux…

La grand-mère de la bibliothécaire était loin d'être celle que sa petite-fille croyait, mais quelle importance ? Il était bon qu'il en fût ainsi.

Ces gens semblaient heureux, c'était l'essentiel.

La « Polonaise » du bateau, celle qui se promenait sur le pont au bras de son faux époux, avait sombré corps et biens…

LE MYSTÈRE DU MIKVEH

C'était le 26 février 2013, un jeudi. Je me souviens parfaitement de la date parce que j'étais alors à Lisbonne où je participais à un hommage rendu au professeur Herbert Michael Pinedo, fameux oncologue hollandais, directeur de recherches près l'Université libre d'Amsterdam.

Je descendis de bonne heure dans le hall de l'hôtel prendre un café. Je consultai les journaux comme je le fais chaque matin et mon regard fut attiré par le titre suivant : *« Découverte d'un ancien mikveh dans la vieille juiverie de Coimbra »*. La rupture d'une canalisation avait nécessité une intervention qui avait donné lieu à la découverte d'un vieux mikveh. Le mikveh est cet endroit de la synagogue où les juifs pratiquent le rituel du bain.

On avait trouvé là une sorte de réservoir médiéval enfoui sous les fondations d'un immeuble de la rue Visconde da Luz de Coimbra, en un lieu, des siècles auparavant, s'était installé le vieux quartier juif de la ville, « la vieille juiverie », qui avait subsisté jusqu'au XIVe, sous le règne de Dom Fernando Ier. Dans le Portugal chrétien, les premiers rois avaient établi de nombreux contacts avec les communautés juives qui habitaient ces quartiers réservés.

Au cours de la prise de Lisbonne de 1147, Dom Afonso Henriques avait pu bénéficier de l'aide des juifs et il leur accorda en remerciement un certain nombre de privilèges.

À partir du XIIIe, la communauté juive s'établit dans tout le royaume. Sous Dom Dinis, au siècle suivant, des colonies juives y étaient partout présentes.

À la fin du siècle suivant, plus de trente mille juifs vivaient au Portugal, riches banquiers, négociants aisés, détenteurs de charges publiques, médecins, artisans, petits commerçants et une minorité de déshérités. Ils payaient tous de lourds impôts à la couronne.

Les juifs vivaient à proximité des synagogues, dans des quartiers nommés « juiveries » sis à distance des zones chrétiennes, protégés par portails et murailles, où ils pratiquaient leur culte.

Ils ne vivaient cependant pas loin du reste de la

population qui avait grand besoin des nombreux services qu'ils rendaient. On voyait souvent des conseillers juifs à la cour. Les juiveries s'auto-administraient mais elles pouvaient avoir recours au roi en cas d'absolue nécessité. C'étaient des villes dans la ville, avec leurs bouchers casher, leurs notaires, leur cimetière.

Le rabbin en chef, l'*arrabi-môt,* nommé par le roi, traitait avec lui de ce qui concernait sa communauté.

À Coimbra, le plus ancien quartier juif se trouvait sur la pente escarpée de Corpus Christi, près du monastère de Santa Cruz.

Ce propos liminaire est de conséquence, car la découverte du vieux mikveh m'avait rappelé l'histoire d'un rabbin que m'avait contée ma grand-mère.

Même si la communauté juive de Pelotas était limitée en nombre, elle avait sa synagogue, son rabbin, et recevait un groupe significatif de fidèles qui venaient y prier chaque jour que Dieu faisait.

Il y avait là aussi un miklveh. C'est de ce bain rituel et du rabbin de cette synagogue que je veux ci entretenir mon lecteur.

Il y avait déjà longtemps que la femme de ménage de la synagogue s'était vu engager par la direction de la communauté. On lui proposa de s'occuper du mikveh. Elle accepta de le faire pour un petit supplément de salaire, à condition que ce fût après son service, à la nuit tombée.

Elle demanda trois mois plus tard à être déchargée de cette tâche, ce qui surprit Isaac, l'administrateur de la synagogue. Elle n'avait donné aucune explication.

Isaac insista : avait-il été brutal avec elle? Non, tout au contraire, tout le monde avait été très gentil avec elle.

En prenant congé, elle prévint qu'elle ne repasserait jamais dans les parages. «Mais pourquoi donc?» lui demanda Isaac, ébahi. Le problème, c'était le mikveh, pas la synagogue, lui répondit-elle. Elle garderait toujours ses distances, elle avait trop peur du mikveh.

Isaac insista encore et parvint à obtenir une explication. Quand elle travaillait dans le mikveh, elle avait toujours la sensation que quelqu'un s'y baignait lorsque l'obscurité le gagnait. Quelque chose ou quelqu'un se baignait dans les eaux sacrées, une âme en peine, qui sait : elle était terrorisée.

Elle s'en était ouverte à une sienne voisine qui, en état de choc elle aussi, lui confia que de sa fenêtre, elle avait bien eu l'impression d'apercevoir une silhouette dans l'eau du bain. Elle n'avait osé en parler à personne : on l'eût tenue pour folle, dans la communauté.

La dame de ménage sanglotait : tout le monde avait été adorable, aucun retard de paiement, mais il n'était pas douteux que le mikveh fût hanté.

Isaac proposa de l'accompagner au cours de sa dernière séance de ménage. À sept heures et demie du soir, il attendait la dame à la porte du mikveh. Elle apparut, angoissée, la clé de la porte du fond bien en main.

Ils entrèrent. Elle prit son balai, son seau, sa lessive, et commença à nettoyer. Isaac, cependant, épiait attentivement vasque des hommes et vasque des femmes. Il ne remarqua rien d'étrange. Il s'assit et commença à lire le journal. Il regardait l'employée balayer du coin de l'œil. Soudain, la dame porta ses mains à son visage, lâchant son balai, épouvantée ! Elle fixait Isaac, livide : elle avait entendu des pas qui se dirigeaient vers le bain des hommes !

Isaac aussi avait entendu : ils étaient tous deux morts de peur… Isaac insista pour aller voir, mais la dame le retint : « et si c'était une âme damnée, monsieur Isaac ! S'il vous plaît, sortons par-derrière ! » Il suivit sa recommandation : ils sortirent en toute hâte du mikveh et furent dans la rue. Isaac tremblait de tous ses membres et l'employée bégayait de frayeur. Elle proposa qu'on allât trouver la voisine de l'immeuble en face.

La voisine leur ouvrit et leur servit une tisane afin qu'ils recouvrassent leur calme. Elle les avait vus depuis sa fenêtre et avait bien compris qu'ils entendaient surprendre le fantôme.

Isaac avait bien entendu quelqu'un entrer dans l'eau. L'employée ne s'était pas trompée : si quelqu'un d'aussi posé qu'Isaac avait entendu la même chose qu'elle, il n'y avait plus de doute, une âme en peine vaguait bien dans le mikveh !

Vu le tour que prend cette histoire, je préviens le lecteur : je suis fou de littérature fantastique, de cette littérature qui rend indistincte la frontière entre réel et irréel.

Je me rappelle qu'enfant, je mourais de peur à l'idée de passer devant le mystérieux mikveh où maman disait que les religieux pratiquaient des rites de purification.

Je ne sais pourquoi, me revient à cet instant en mémoire un roman de David Garnett que Jorge Luis Borges cite souvent, *Lady into fox*, qui raconte la métamorphose d'une épouse en renard. Selon H. G. Wells, l'auteur de *La Guerre des mondes* et de *L'Île du docteur Moreau*, un bon texte fantastique ne doit introduire qu'un élément imaginaire dans la mimèsis réaliste : s'il en insère plusieurs, la narration perd en vraisemblance et le coup est manqué.

La nouvelle de Coimbra réveilla aussitôt en moi l'histoire du rabbin de Pelotas.

On décrit le rituel du bain dans la Bible. Les juifs orthodoxes disent que le mikveh ne purifie vraiment que si l'eau qui l'abonde vient d'une source naturelle, d'une eau courante, c'est-à-dire d'une eau qui contient le mouvement et le principe de la vie.

Le mot mikveh vient de « *mik'va* » qui signifie « volume ou accumulation d'eau ». Le bain rituel date des temps bibliques, il fait partie des cérémonies de purification. Les femmes s'y soumettent après leurs règles ou un accouchement.

Les plus anciens rabbins prescrivent que tout le corps du fidèle soit en contact avec l'eau. La Torah prescrit qu'on pratique le bain après un contact avec un mort ou, de nouveau, s'agissant des femmes, après règles et accouchements. Le passage par le bain régénère métaphoriquement : il marque un renouveau vital et le début d'une nouvelle ère de fertilité.

La Bible indique que les chefs juifs des temples puis des synagogues pratiquaient ce rituel. On trouve des références au mikveh dans de vieux traités juifs comme le *Taharot*, qui décrit l'endroit où le fidèle doit poser le pied dans l'eau de pluie ou dans le ruisseau, c'est-à-dire dans une eau vraiment courante. Le bain est aussi pratiqué lors des cérémonies de conversion au judaïsme ou pour la fête de Yom Kippour, où il sert à laver les péchés.

Pour certains juifs orthodoxes, le Shabbat, qui court de l'apparition de la première étoile du vendredi jusqu'à celle du samedi, est un équivalent de Yom Kippour : ainsi, le mikveh est pour eux un passage obligé hebdomadaire. On se baigne aussi dans le mikveh à l'occasion des fêtes qui marquent des changements de vie importants, le mariage, par exemple. Durant le rituel, on prie dans l'eau de la vasque ou du réservoir, aussi légèrement vêtu que possible, et l'on plonge au moins sept fois dans l'eau.

Le mikveh découvert à Coimbra dans une grotte calcaire au bas d'un escalier, était sans doute, à en juger par sa dimension et ses décorations florales délicates, réservé aux femmes.

Je me souviens d'une nouvelle du même ordre qui avait circulé dans la presse européenne quelques années auparavant : on avait découvert à Venlo, aux Pays-Bas, un mikveh qui semblait dater du XIIIe siècle.

On en avait aussi trouvé un à Jérusalem en 2009, me confia un collègue qui participait à l'hommage lisboète, qui semblait antérieur à la destruction de second temple, au premier siècle de notre ère. L'un des plus vieux mikveh d'Europe se trouvait à Syracuse, il datait du VIIe siècle.

Je me souvins aussi d'un « bain public étrange » découvert dans un vieil hôtel particulier du Pelourinho, à Salvador de Bahia, situé près de l'église de São Francisco, une des plus anciennes du Brésil. Il devait accueillir secrètement la communauté juive dont les pratiques étaient prohibées par l'Église catholique.

Selon certains passages du Nouveau Testament, le rituel du bain dans le mikveh existait déjà du temps de Jésus. On en trouva des preuves tout près de l'actuelle basilique du Jardin de Gethsémani, au pied du Mont des Oliviers, à Jérusalem. Un escalier encore intact conduisait les fidèles jusqu'à l'onde. Le Christ fréquentait ces lieux pour prier et se reposer. C'est là qu'on trouve aussi les ruines d'un temple byzantin qui date du temps des Croisades.

Le lieu, qu'on appelle « *gat shemanim* » (« presse à huile », en hébreu) ne contient pas d'autres mentions particulières. C'est sans doute, d'après les archéologues, qu'il servait aux humbles, peut-être à ceux qui travaillaient dans les plantations destinées à la fabrication de l'huile d'olive ou du vin et qui, eux aussi, devaient se purifier dans un mikveh.

Je reviens à Pelotas : Isaac, la femme de ménage et la voisine décidèrent de retourner au mikveh ensemble pour y débusquer l'âme en peine qui semblait y prendre ses aises.

On entra en silence par la porte du fond, on s'installa dans la salle qui donnait sur les deux réservoirs. Isaac ouvrit lentement la porte de la salle des femmes et alluma la lumière : rien.

Il attendit, observant la physionomie pétrifiée des deux femmes, et se résolut à entrer dans la salle des hommes, d'où provenaient les bruits. On attendait dans un silence de mort l'apparition du Dibbouk.

Au moment où il allait se diriger vers la porte, on entendit du bruit dans la salle. Isaac prit peur et recula. Il était secoué de tremblements. Le bruit cessa quelques instants puis reprit. On entendit de nouveau des pas et l'entrée de quelque chose dans l'eau.

Issac fit signe qu'on ne bougeât point. Il était au bord de la crise de nerfs. Il manqua défaillir, mais se reprit. Le bruit augmenta dans la piscine masculine. Isaac fit signe qu'on sortît. La femme de ménage demanda qu'on se calmât et elle s'enhardit : elle se leva et fut à la porte de la salle hantée.

Elle remarqua que la clé s'en trouvait à l'extérieur. L'âme en peine n'avait pas pris soin de refermer la porte sur elle. La femme de ménage impavide l'entrouvrit et regarda à l'intérieur.

Peu s'en faut qu'elle ne poussât un cri : c'était le rabbin Benjamin qui se lavait frénétiquement, comme un robot. Il frottait la serviette mouillée sur son corps puis plongeait dans l'eau. Puis il tirait la serviette de l'eau et l'essorait. La serviette débarrassée de l'excès d'humidité, il répétait l'opération. Ainsi de suite.

Elle fit signe aux deux autres d'approcher : ils observèrent la scène avec quelque perplexité.

Sans que le rabbin s'en aperçût, ils retournèrent chez la voisine. L'attitude toute machinale du rabbin les intriguait au plus haut point. Il semblait comme possédé. On convint de garder le silence sur le sujet.

Il fut décidé qu'Isaac irait consulter un ou deux amis de confiance de la synagogue qui connaissaient bien le rabbin. Ils verraient alors quoi faire.

Le lendemain matin, il croisa le rabbin à la synagogue et le salua comme si de rien n'était. Il aperçut les deux amis avec qui il voulait s'entretenir. Il observa que le rabbin priait très étrangement, sans s'arrêter, fiévreusement et mécaniquement, répétant incessamment le même fragment de la Torah... Il allait et venait sans but, donnant l'impression de vérifier en somnambule l'alignement des sièges de la chapelle... Isaac fit signe à ses amis : il leur indiqua d'un geste qu'il voulait leur parler du rabbin.

Les trois hommes s'isolèrent et Isaac raconta l'épisode du bain. Monsieur Samuel, dont le fils avait fait des études de psychiatrie, le rassura. Il avait déjà pris les mesures nécessaires, ayant noté l'étrange comportement du saint homme... tout avait commencé avec le tephillin, qu'il ne cessait de faire aller et venir sur son bras, l'y plaçant, l'en ôtant...

Samuel demanda si Isaac avait déjà entendu parler des troubles obsessionnels compulsifs, les «TOC». Les deux amis confièrent à Isaac que l'état nerveux du rabbin les inquiétait.

Le rabbin était la proie d'idées fixes, d'obsessions maniaques et de compulsions, comme tous les patients atteints de TOC, avait indiqué le fils psychiatre. Il ne pouvait maîtriser ses troubles, fût-ce au contact des textes sacrés.

La femme du rabbin avait confirmé le diagnostic : chez lui, Benjamin le rabbin ne cessait de vérifier ouverture et fermeture des portes et des fenêtres, se lavait les mains sans arrêt. Elle avait remarqué qu'il suivait au mètre près le même chemin pour se rendre à la synagogue. Si on l'en empêchait, il devenait enragé. La vie de couple était devenue un enfer. Ses enfants le pensaient devenu fou.

Elle n'en avait rien dit, de peur que son mari ne fût mis à l'écart de la synagogue. Les choses avaient empiré quand il avait commencé à rentrer tard, aux alentours de minuit : ces retards avaient pour explication ses bains au mikveh.

Le rabbin s'était mis à astiquer névralgiquement, sans fin, les sièges de la chapelle avec son talit : si Samuel ou quelque autre fidèle n'avait mis un terme à ce manège, il l'eût fait le jour entier « comme un disque rayé », ajouta Samuel.

Le rabbin répétait ces rituels, qui n'avaient rien à voir avec ceux du judaïsme, le jour entier. On demanda à monsieur Jacob de corroborer ce qu'on soupçonnait. Bientôt, le rabbin se mit à vérifier à chaque minute chez lui si le gaz était bien éteint dans la cuisine ou dans le chauffe-eau de la salle d'eau.

Le rythme du lavage des mains s'accrut dangereusement : le rabbin passait son temps, chez soi ou à la synagogue, devant le lavabo... c'en fut au point que Jacob s'agaça : cet homme ne respectait même pas la Torah, on eût dit qu'il jugeait que ses pages étaient sales !

Quand le rabbin se mit à utiliser son talit pour dépoussiérer les volumes sacrés, Samuel décida de consulter à nouveau son fils afin qu'il lui prescrivît quelque chose : le temps du diagnostic était passé, il fallait agir. Le fils de Samuel s'exécuta et établit une ordonnance.

Mais le rabbin Benjamin, après avoir demandé qu'on gardât le secret sur l'état dont on lui avait courageusement fait part et en dépit de ses promesses, ne prit pas ses médicaments et les troubles constatés empirèrent graduellement. L'aphasie finit par le gagner.

Il rentrait désormais si tard chez lui que sa femme soupçonna qu'il avait une aventure.

Quand il fut interné sur les conseils du fils de Samuel, elle fut rassurée : grâce à Dieu le Tout-Puissant, il ne courait pas, il était juste malade de la tête !

Dans le roman de Garnett, le mari accepte la transformation de sa femme. Il la cache d'abord chez eux pour que les voisins ne se doutent de rien. La transformation achevée, il la laisse gagner les bois et veille à ce qu'elle n'y manque de rien.

Un jour, il la croise sous un arbuste, léchant ses renardeaux, et retourne chez lui épouvanté. Les chiens finissent par la dévorer. Le roman s'achève là, n'explique rien, seule demeure chez le lecteur une grande tristesse, le livre refermé.

Le succès d'un texte fantastique tient sa capacité à produire chez le lecteur curiosité et tension. Il faut aussi qu'il lui propose l'abord d'un monde imaginaire qui l'entraîne hors de la réalité quotidienne. Si tout ceci n'était pas réuni dans le roman de Garnett, son histoire de femme-renard n'intéresserait personne, je crois.

La terreur éprouvée par ceux qu'avaient surpris les bruits nocturnes de Benjamin le rabbin est sans aucun doute la copie conforme de celle qu'avaient éprouvée ses ancêtres des villages d'Europe orientale, à l'idée d'une visite du Dibbouk, l'esprit malin errant des juifs.

Dès les premiers temps de l'ère chrétienne, Ovide avait compris l'effet que produit l'imaginaire sur les âmes : ainsi conçut-il *Les Métamorphoses* où se mêlent imitation du réel et fantaisie, où les hommes et les dieux se muent en animaux, en arbres, en fleuves, en cailloux… Pour l'amateur de littérature fantastique, peu importe que le rabbin se soit vu diagnostiquer obsessionnel compulsif par le fils de son ami et que cela soit de nature à expliquer les bruits étranges du Mikveh : en lui, l'imaginaire a laissé un merveilleux doute indélébile.

CARMEN[2]

Un jour, Melina invita Gabriel García Márquez à une heure avancée de la nuit, alors que nous discutions des deux guerres mondiales, il affirma que l'Histoire se répétait toujours, mais que l'homme n'en tirait jamais d'enseignement. Puis il nous demanda si nous ne voyions pas d'inconvénient à ce qu'il nous entretînt des circonstances historiques qui entraînèrent le déclenchement de la Première Guerre. Pour moi, il voulait juste attirer l'attention de Melina, pas davantage. Mais cette dernière l'interrompit en prétendant que c'était l'unification tardive de l'Allemagne qui avait exaspéré les tensions latentes présentes sur le continent européen et provoqué la guerre de 1914.

---

2   : Chapitre initialement paru dans *Le Parent d'Humanité*, Adavena éditions, 2023.

Ils entamèrent une discussion sur le sujet : un nimbe érotique chapeautait l'atmosphère. Ils entraient en une émulation savante qui valait duel sexuel. García Márquez s'empara de la parole : le conflit de 1870 entre la France et le groupe d'états germaniques menés par la Prusse, où cet État avait prévalu, avait constitué une grande humiliation pour les Français. Au terme d'un armistice extrêmement dur, les Prussiens avaient laissé une France affaiblie pour de nombreuses années.

L'Allemagne avait annexé l'Alsace et la Lorraine, Metz comprise. La France, de son côté, avait obligé l'Allemagne à lui verser une indemnisation de cinq millions de francs et à assumer le coût de l'occupation allemande dans ses provinces du nord.

Melina répliqua que Paris n'avait pas pour autant été occupée, mais qu'elle avait été outragée par une parade des troupes allemandes sur les Champs-Élysées. Selon García Márquez, l'hostilité française était le fruit de la politique du chancelier Otto von Bismarck, qui avait tenté une réunification de l'Allemagne contre la volonté de Napoléon III. Pressentant que la causerie entre Melina et García Márquez allait prendre un cours inavouable, Akounine proposa que nous allassions chercher un autre endroit pour pouvoir parler à notre aise d'une nouvelle piste qui laissait soupçonner des liens de parenté entre ma grand-mère maternelle et le chancelier Bismarck.

Bismarck offusquait le fait qu'il avait un cousin qui s'appelait Hans, dompteur d'éléphants dans un cirque hongrois de second ordre à Vilnius, en Lituanie. Le Russe avait découvert que Hans avait des dons de communication avec les animaux. Dompter les éléphants était sa spécialité : or, ne s'agissait-il pas en l'espèce d'avoir barre sur le plus gros animal du monde, un animal de plusieurs tonnes. Heureusement pour nous, les éléphants sont herbivores. Ils sont intéressants : ils communiquent au moyen de signes visuels et tactiles et d'un répertoire de sons de basse fréquence extrêmement riche, qui peut être entendu à des kilomètres de distance. Hans maîtrisait merveilleusement bien ce langage.

Il y a deux sortes d'éléphants, les Africains et les Asiatiques. Les Africains sont plus grands, ils mesurent trois à quatre mètres de haut, ils ont des défenses d'ivoire et une trompe qui se termine sur deux lobes. Les Asiatiques sont plus petits, ils font deux mètres de haut, ne portent pas de défenses, leurs oreilles sont plus petites et leur trompe se termine par un seul lobe. Akounine découvrit que Hans avait grandi avec ses éléphants — ils avaient presque tous le même âge, presque soixante-cinq ans. En d'autres termes, ils avaient vieilli ensemble. Lorsque Jumbo, le premier d'entre eux, mourut, le cousin de Bismarck entra dans un état dépressif profond.

Puis, ce furent Duc et Dominique qui furent emportés : cette dernière lorsque le cirque passa à Vilnius. C'est alors que Hans commença à boire, au point de perdre son emploi et de finir errant de bar en bar. Il geignait des propos sans sens, la plupart liés à sa souffrance, souvent en langue animale : ses amis éléphants lui manquaient cruellement. Un beau matin, il s'aperçut que Sarita, une cousine de ma grand-mère, qui elle aussi aimait le cirque, comprenait le sens des sons élégiaques qu'il émettait. Ils commencèrent à échanger des idées, à parler de tout et de rien et lorsqu'il s'aperçut que Sarita maîtrisait le langage des éléphants, il tomba éperdument amoureux d'elle.

Hans von Bismarck cessa de boire, il trouva un emploi de chauffeur et quelques mois plus tard, il la demanda en mariage. Elle accepta aussitôt, mais à la condition que le Prussien se convertît au judaïsme. Hans n'hésita pas une seconde. Ils se marièrent dans une petite synagogue de Vilnius, eurent douze enfants et vécurent heureux pour toujours. C'est de cette aventure que venaient mes liens de parenté avec Otto von Bismarck : je descendais de l'un de ses neveux.

Quelques heures plus tard, nous retrouvâmes Melina et García Márquez : ils avaient les cheveux mouillés, comme s'ils sortaient du bain. Ils étaient très apaisés, comme si la tension qui précède l'acte de chair les avait quittés. Ils reprirent leur discussion sur les causes de la Première Guerre. García Márquez posa qu'au début du XXe siècle, l'Allemagne était devenue la nation dominante du continent européen, ce qui ne fut pas sans susciter un climat de tension qui entraîna les conflits de 14-18. La supériorité militaire des Prussiens était évidente.

Melina à présent comme rassérénée indiqua que le résultat de la Première Guerre eut des conséquences terribles non seulement pour les Allemands, mais pour les Russes. Les bolchéviques durent reconnaître l'indépendance de pays comme la Finlande, les Pays baltes ou la Pologne. Avec l'avancée militaire allemande, ils furent obligés de céder certains territoires russes d'Occident. Après la reddition allemande, une armée internationale alliée intervint dans la guerre civile russe. De là proviennent les tensions ethniques et l'instabilité frontalière qui déséquilibre encore le centre de l'Europe de nos jours.

Le lauréat du prix Nobel était connu pour être un redoutable sigisbée, avec sa façon enthousiaste et sensuelle de s'exprimer. Lorsqu'il affirmait que l'Histoire se répétait, Melina soupirait de plaisir. Le Colombien répétait que l'homme n'apprend jamais de son passé. Akounine et moi, nous écoutions silencieux. Ce fut alors que je m'aperçus que la passion de Melina se ravivait : elle déboutonna le haut de son corsage de coton transparent et adopta de nouveau son inénarrable croisement de jambes. Le Russe et moi, nous nous déclarâmes vaincus, et nous prîmes congé pour aller achever notre discussion sur les causes de la guerre dans un café voisin.

Je me rappelai avec Akounine qu'en avril 1922, l'Allemagne et l'Union Soviétique avaient signé un traité à Rapallo, par lequel les deux parties renonçaient aux territoires convoités et aux dettes mutuelles. Par le traité de Berlin ratifié en 1926, les deux pays s'engageaient à faire leur une neutralité réciproque. Le commerce entre les deux pays diminua beaucoup après la Première Guerre, mais malgré tout, les accords commerciaux des années 1920 aidèrent un peu à vivifier les deux économies. La défaite allemande laissa des marques profondes dans le pays, qui subit les énormes pénalités prévues par le traité de Versailles : la France se vengeait des humiliations subies en 1870.

La situation sociale s'aggrava considérablement et la démoralisation du peuple allemand ouvrit la porte à l'avènement de l'autoritarisme dans les années 30. Adolf Hitler et les nazis remilitarisèrent le pays — en dépit des accords signés à Versailles. Il vous sera aisé de comprendre que la dureté des sanctions imposées par le vainqueur au vaincu, par la France à l'Allemagne, en l'espèce, ne pouvait laisser de provoquer un ressentiment et une haine durable : elles alimenteraient le conflit suivant. García Márquez avait raison lorsqu'il affirmait que l'Histoire se répète. Mais je confesse que j'étais sourd à la pertinente véhémence du Colombien qui monopolisait totalement l'attention de ma chère petite diablesse.

À la fin de la guerre franco-prussienne de 1870, la France vaincue dut consentir au paiement de lourdes amendes. Ainsi en fut-il des Prussiens devenus des Allemands à compter de 1919. En 1945, les Allemands jugeraient aussi bien amères les pénalités qui leur furent imposées après leur défaite. J'imaginai le regard que Melina dardait sur García Márquez chaque fois qu'il lui serinait que l'Histoire se répète. Le Colombien ne lâchait pas prise. Une heure après notre départ pour le bar, Melina et lui apparurent pour prendre congé : ils partaient bronzer au soleil de Corfou.

Nous demeurâmes seuls, le Russe et moi et nous poursuivîmes notre conversation. Akounine dit qu'à partir de 1930, avec l'ascension nazie, les tensions avec l'URSS et ses pays satellites, dont les peuples étaient considérés par les Allemands comme racialement inférieurs, comme composés d'*untermenschen*, s'accrurent considérablement. Les nazis commencèrent à persécuter ouvertement les juifs qui y vivaient, les associant au communisme et au capitalisme financier. Hitler ironisait : les Russes et leurs esclaves étaient les pantins des Juifs bolchéviques. L'antibolchevisme allemand et l'augmentation de la dette externe de la Russie causèrent le déclin des relations commerciales entre les deux pays qui continuaient cependant à avoir des intérêts communs. Le pouvoir de Staline s'accroissait et l'Allemagne obéissait de moins en moins aux diktats du traité de Versailles touchant à l'importation des produits soviétiques.

Je rappelai à la mémoire d'Akounine qu'en 1936, Allemands et Italiens avaient apporté leur appui aux nationalistes espagnols au cours de la sanglante guerre civile, quand les Soviétiques appuyaient pour leur part les socialistes de la seconde république : les combats espagnols prirent vite la forme d'un conflit par procuration entre Allemagne et l'URSS. En outre, cette même année, les Allemands signèrent un pacte d'alliance avec le Japon, puis l'année suivante avec l'Italie : la tension augmentait. En 1938, la Grande-Bretagne et la France considérèrent risquée la participation soviétique à la conférence de Munich, l'accord signé avec les Allemands acceptant l'annexion partielle de la Tchécoslovaquie par l'Allemagne. En 1939, ce pays fut totalement dissous et Chamberlain et Daladier cédèrent par irénisme.

Cela n'empêcha pas la Seconde Guerre d'éclater cette même année, suite à l'invasion de la Pologne. Les pays de l'Axe Rome- Berlin-Tokyo, soumis aux corps de doctrine radicaux d'Hitler, de Mussolini et du pouvoir japonais, agressèrent les alliés, vainqueurs de la Première Guerre — principalement l'Angleterre et la France — ce qui provoqua un affrontement mondial dont les proportions dépassèrent de beaucoup celles de la Première Guerre. En 1941, après avoir rompu le pacte germano-soviétique de 1939 suite à l'invasion de son territoire par les Allemands, l'URSS se joignit aux alliés.

D'autres pays comme la Chine, la Pologne, l'Australie, la Nouvelle-Zélande, le Canada, la Belgique et nombre d'autres, européens, africains et latino-américains rejoignirent eux aussi, les forces alliées. Le Brésil, qui avait flirté ouvertement avec

Hitler durant le gouvernement Vargas, profita de ce que ses navires eussent été coulés par des sous-marins allemands dans l'Atlantique Sud pour changer de camp. Akounine rappela que nos voisins argentins n'avaient jamais nié leur sympathie pour Hitler et son régime. Les péronistes avaient manifesté leur sympathie pour l'Allemagne, des criminels de guerre allemands avaient pu bénéficier de l'hospitalité argentine, et on vit même les uniformes argentins singer grossièrement les tenues du Reich.

Comme nous causions, je subis de nouveau un de mes délires démoniaques. Un « succube », un démon féminin d'une telle beauté qu'aucun homme ne pouvait lui résister, m'apparut. Comme je l'ai déjà indiqué, le mot « succube » est issu du latin « *succubare* » qui signifie « se coucher sur ». À ce stade de la conversation, le Russe avait déjà bu de la vodka, du Rhum et une gnole japonaise à base de riz. Il était devenu totalement incontrôlable. Il se mit à tonitruer qu'il était le plus grand assassin de l'Histoire et qu'il devait profiter de ce moment solennel pour me confesser ses crimes : une rechute de transmutation.

Même moi qui le connaissais relativement bien, je me sentis gêné et demandai aux autres clients du café de bien vouloir lui pardonner ses excès. Il hurlait qu'il était Gengis Khan en personne et que sa stratégie consistait à donner à l'ennemi le choix de se rendre ou de subir une destruction totale. Le propriétaire du café l'écoutait soliloquer, horrifié. Le Russe hurlait que les Turcs avaient trahi sa confiance et que Bagdad eut à voir pour cette faute fut plus de neuf mille crânes ottomans ensanglantés empilés au pied de ses portes. Il affirmait que Gengis Khan avait tué plus de quarante millions de personnes, soit dix pour cent de la population mondiale de l'époque.

Puis il incorpora l'esprit de Mao Tsé-Toung, le grand timonier chinois. Il jura devant tous les présents qu'il était Mao, qu'il avait tué plus de soixante-dix millions de Chinois — la moitié de faim — et qu'en chiffres absolus, personne ne le surpassait en cruauté. Je ne l'interrompis pas, je me contentai d'écouter sa catharsis opérer. À l'acmé de l'ivresse, Akounine affirma que c'était lui qui avait convaincu la jeunesse, citant le Raskolnikov de *Crime et châtiment*, de mettre en musique sa « révolution culturelle » : il leur avait donné toute latitude de tuer et d'imposer leur loi. Le Russe était totalement perdu. Il avouait avoir éprouvé un plaisir nonpareil à faire exécuter les intellectuels qui s'opposaient à lui : il était crucial de faire un sort à toutes les cervelles critiques.

J'imaginai le lendemain qu'Akounine avait été possédé par l'esprit du dragon qui lutta contre Dieu pour s'adjuger le contrôle des cieux : c'était la seule façon d'expliquer son agressivité délirante de la veille. Mon Russe assumait ouvertement le fait d'avoir commis les pires atrocités qui fussent. L'étrange était que cette prétention n'était pas du tout congruente à sa façon d'être lorsqu'il était sobre. En ses instants de pleine lucidité, il était toujours plein d'égards. Une gitane qui assistait à la scène fut la seule qui parvint à le calmer quelques instants : elle se nommait Carmen et était assise à une table voisine, en compagnie de George Bizet, gentilhomme très sympathique au demeurant, du librettiste Henri Meilhac et d'un autre homme que je ne connaissais pas — peut-être Ludovic Halévy.

J'appris que Carmen était une séductrice, personnage éponyme d'un opéra de Bizet qui avait été inauguré à l'Opéra-Comique en 1875. Elle tenta d'apaiser notre énergumène en lui administrant une pleine bouteille de Xérès, breuvage qu'elle réservait à des occasions très spéciales. Le vin produisit un effet paradoxal sur Akounine : il le plongea, comme l'attestèrent ensuite les médecins, dans un état de confusion dix fois plus terrible que celui où il se trouvait. Il entra dans un nouveau délire qui l'éloigna des divagations touchant à ses crimes propres : il affirma être l'ami intime de Juan Carlos d'Espagne, puis raconta à qui voulait l'entendre que le souverain espagnol lui avait confié son adoration secrète pour le dieu Pluton et sa passion pour un vin espagnol de la région de Ribera del Duero, le Vega Sicilia. Il avait offert de ce vin au président Charles de Gaulle à l'occasion d'un dîner au Palais Royal de Madrid, dans les années 60. Le vin était si goûteux que le général l'avait pris pour un Bordeaux grand cru : il ne s'agissait pourtant, fût-il le meilleur d'entre tous, que d'un vin d'Espagne...

Il prétendait également que Juan Carlos lui avait demandé de l'appeler Pluton et de lui rendre ses hommages couvert de parures d'or, d'argent ou d'ivoire. Selon lui, le monarque voulait absolument savoir ce qui était gravé sur les fers des sabots de cette divinité, œuvres des cyclopes, qui pouvaient la rendre invisible. Le roi hurlait que Pluton faisait partie des douze premiers dieux de l'Olympe et figurait parmi les huit les plus adorés. Il parlait à tue-tête des sacrifices que les Romains offraient à leurs dieux, mettant à mort deux êtres à la fois : c'était là son sujet de prédilection.

Les sacrifices destinés à Pluton incluaient une cérémonie très spéciale : après qu'on eut incinéré leurs corps, on versait sur les cendres des sacrifiés leur propre sang, préalablement extrait et conservé, mêlé à du vin, dans des amphores. De nouveau en proie à son délire cathartique, Akounine avait incorporé son prétendu ami intime et, devenu Juan Carlos, il aspergeait la nappe de gouttes de Vega Sicilia, vin, je veux le signaler, extrêmement coûteux. Le souverain hanté par mon détective déclamait : les prêtres qui officiaient lors des cérémonies dédiées à Pluton devaient découvrir leur tête. Soucieux d'exposer par le menu le déroulement du rituel, il se dévêtit tout à fait : le patron du café me demanda de le ramener immédiatement à son hôtel, faute de quoi il appellerait la police.

CE QU'ENSEIGNENT LES MOMIES

Mes sources d'inspiration majeures, ce sont ma grand-mère Clara, disparue il y a trente ans, et maman, Maria, qui nous a quittés il y a peu, presque centenaire. Elles étaient toutes deux des juives de Lituanie. Ses documents d'identité indiquent que maman est née le 7 septembre 1927, mais ils mentent : cette date correspond à celle de son arrivée à Pelotas. Or, elle avait alors trois ou quatre ans.

Je mentionne ce fait pour montrer combien les migrations peuvent influer sur le sort des gens, revêtir d'imprévisibles conséquences, l'une d'elles étant le rapprochement d'âmes qui ne se fussent jamais rencontrées sans elles.

À ce propos, je veux relater ici un fait dont je ne garantis pas l'authenticité, mais que maman me révéla de chic, sans y penser, se reprenant vite et essayant de le minimiser, d'en effacer l'impression chez moi, en vain : la curiosité qu'il avait suscitée en moi ne s'éteignit jamais.

Je crois à la vérité de cette histoire. J'ajoute que si son dénouement avait été heureux, elle pourrait imager ce que serait un état utopique de rencontre de toutes les humanités au nom de l'amour, d'un amour sans frein ni barrière, d'un amour que le temps ne condamnerait en aucune manière.

Je l'ai dit, maman s'était bien vite reprise : son récit était incomplet, il fallait que je le complétasse depuis l'imaginaire, qu'on me pardonne. Le sujet en est délicat, du fait des personnes qu'il implique et des aspects de la culture judéo-chrétienne qu'il convoque…

C'était une femme juive venue au Brésil avec ses parents quand elle était encore enfant.

Lui était un prêtre catholique extrêmement pieux, un Brésilien fils d'immigrés italiens ; je raconte ici l'histoire d'un amour impossible qui se noua il y a plus de cinquante ans, à Porto Alegre, entre une juive et un prêtre ; je la raconte en brodant : une fois de plus, maman avait été particulièrement lacunaire.

C'était un jeune curé de Bom Fim, elle était une juive de Bom Fim plus âgée que lui, d'âge mûr. L'homme était, selon maman, extrêmement séduisant, sa soutane ne dissimulait pas ses attraits. Sa voix était puissante et belle.

Les fidèles vibraient à ses prêches qui mêlaient le Nouveau et l'Ancien Testaments et qu'il épiçait de considérations politiques ou littéraires, en faisant des moments frappés au coin d'une certaine modernité.

Rappelons l'époque : nous étions en pleine dictature militaire après le coup d'État de 1964 : torture et disparitions organisées sévissaient.

En dépit de ce contexte tendu qui voyait disparaître nombre de jeunes militants de Bom Fim, maman me confia que beaucoup de femmes soupiraient d'aise pendant les offices quotidiens du jeune clerc.

Elle me raconta qu'une amie avait persuadé la juive de venir assister à la messe avec elle.

Quand le prêtre commença à officier, avec ses yeux verts, son nez aquilin, sa bouche finement ourlée, sa dentition parfaite, elle ne put résister : elle s'en éprit follement.

Le *Pater noster* à part, qu'une juive ne pouvait pas prononcer, elle participa avec ardeur au rite. Elle était tombée amoureuse : un coup de foudre.

Ce ne fut pas tout : le prêtre avait remarqué sa présence ; il la pensa en état de transe et elle le troubla. Il avait trente-cinq ans. Elle semblait un peu plus âgée, mais elle était elle aussi très séduisante. Elle n'était pas provocante, c'était une femme discrète, on ne l'avait jamais vue fauter.

Mais elle était très jolie. Ses yeux, ses seins, sa silhouette : tout était impeccablement proportionné.

La messe terminée, l'amie de la juive vint féliciter le prêtre pour son homélie qui l'avait profondément touchée. Il la remercia, mais il ne quittait pas la juive des yeux.

Il alla à sa rencontre et demanda à la nouvelle fidèle si elle était du quartier.

Nerveuse, elle indiqua que c'était son amie qui avait insisté pour qu'elle vînt. Elle était juive et connaissait peu les rites des autres religions. Il la regarda droit dans les yeux et dit : « nous avons tous au cœur le respect de Dieu. Jésus n'était-il pas juif ? »

Elle serait toujours la bienvenue. La juive félicita le prêtre pour son courage ; ses commentaires politiques sur les injustices qui frappaient le pays l'avaient touchée. Il répéta de sa voix de ténor « vous serez toujours la bienvenue, ici : venez quand vous le désirez. »

Était-ce une invite ? Non, c'eût été absurde, jamais un prêtre n'eût fait ça... Elle fit un signe à son amie : il était tard. Les deux femmes prirent congé du charmant curé. Elles évoquèrent la messe en détail sur le chemin du retour puis se quittèrent.

Elle ne cessait de penser à lui... un coup de foudre ? Non, impossible, il fallait qu'elle reprît ses esprits ! Elle était sur un nuage... un coup de foudre ? Elle, amoureuse d'un prêtre ? « Reprends-toi, ma fille ! » Rien n'y fît : elle ne trouva pas le sommeil, tout à l'image des charmes du jeune homme, au souvenir des regards qu'ils avaient échangés...

Elle sentait en elle vibrer une tension érotique inédite et en même temps, elle rejetait les images qui affluaient en elle. Il fallait qu'elle mît un terme à ces pensées peccamineuses : elle, une juive vertueuse, entretenir des pensées vicieuses au sujet d'un prêtre catholique ! C'était ridicule, c'était mal, se répétait-elle. La preuve qu'il est juste de dire que le diable vit dans nos têtes était irréfutablement administrée par les turbulences qu'elle traversait.

Le curé ne quittait pas sa pensée. Comment faire pour convaincre son amie de l'inviter à nouveau à la messe ? Quelle excuse trouver ? Elle allait se douter de quelque chose... Elle finit par se convaincre de ce que personne ne soupçonnerait qu'elle allât à la messe pour y rencontrer le jeune homme : elle, une femme juive, éprise d'un prêtre ?

Allons… Et pourtant, elle était bel et bien éprise, éperdument éprise.

Elle résolut pourtant de trouver un alibi pour passer devant l'église. Peut-être le rencontrerait-elle alors, comme par hasard.

C'était moins risqué que de demander à son amie de l'emmener de nouveau à la messe : qu'irait-elle faire de nouveau à la messe ? Elle hésitait : devait-elle ou non obéir à son désir ?

Le mieux était qu'elle y allât seule, à une heure où l'église était vide, excipant de la confession…

Au confessionnal, elle ouvrirait son cœur au curé, lui avouerait sa passion… non, ce serait pécher, et pécher gravement… pourtant, l'idée était excellente… elle la chassa, essaya de se calmer, prit un livre, marcha de long en large dans son appartement, arrosa les plantes, mais rien n'y fit : le prêtre faisait sans cesse retour dans ses pensées.

J'ouvre une parenthèse : j'avais plusieurs fois essayé d'obtenir de ma grand-mère un supplément d'information sur cette affaire. Elle avait fermement refusé. C'était une femme sérieuse : elle n'allait certainement pas me mettre des idées absurdes en tête. Quant à maman, elle n'avait rien ajouté rien à ce qu'elle m'avait déjà dit. J'obtins bien quelques éléments du fils de David, le pharmacien, mais rien de plus.

Je résume : ni maman ni ma grand-mère ne voulaient me donner au sujet de cette histoire sulfureuse matière à écrire un livre. « Jamais », avait conclu grand-mère.

Quoi qu'il en soit la juive décida de se rendre au confessionnal dissimulée sous un châle noir : là, elle dirait tout. Elle se ferait d'abord connaître puis elle avouerait son péché, le reconnaissant tel. Elle affirmerait l'impossibilité de cet amour et attendrait sa réaction. Peut-être le prêtre consentirait-il, lui, à confesser la réalité de leur passion mutuelle !

L'idée de la confession lui avait paru excellente, mais elle redoutait la réaction du prêtre. En tout état de cause, il fallait laisser son amie de côté... en sa présence, il n'avouerait rien... et si son fol amour n'était pas réciproque, si elle était victime d'une illusion... ? Elle était en proie à la plus vive agitation.

Non, son regard ne pouvait tromper : il l'aimait aussi ! Elle connaissait la vie. Elle avait eu des aventures, assez pour qu'elle pût repérer le désir chez un homme. Mais l'important, c'est qu'elle le voulait, elle le voulait à toute force.

Elle irait au confessionnal, c'était dit.

Elle entra dans l'église comme prévu, sous le châle noir de sa mère qui dissimulait pratiquement son visage. Personne ne remarqua son entrée. Elle s'assit sur un banc près de l'autel pour bien observer les mouvements du curé et des rares fidèles qui se trouvaient là.

Quand elle vit son amour quitter la sacristie, passant devant l'autel, et prendre la direction du confessionnal, son cœur battit à tout rompre. Une vieille dame attendait devant l'isoloir. Un quart d'heure se passa et la dame en sortit. Presque machinalement, elle se dirigea vers le réduit. Le curé sentit une présence et y demeura. Elle entra et tira le rideau. Il lui demanda si elle était là pour se confesser : elle se tut.

Il répéta qu'elle pouvait parler sans crainte, que Jésus lui pardonnerait : elle se tut. Son souffle témoignait de son émotion, mais elle se taisait. Doucement, le curé lui rappela que la confession délivrait des péchés, qu'elle avait été instituée pour que les fidèles sussent que nous étions tous pécheurs : elle se tut.

« L'important est de reconnaître son péché et de recevoir le pardon de Jésus » : elle se tut. Elle resta encore quelques instants puis elle sortit et pressa le pas pour qu'il ne fût pas en mesure de la reconnaître. Elle quitta l'église.

« Honte à toi, ma fille ! Aller dans un confessionnal par amour pour un prêtre, toi, une juive : tu es ridicule ! »

Le lendemain, elle ne se rendit pas à l'église. Mais le jour suivant elle y retourna comme un automate, tout en noir, son châle sur la tête ; elle entra, le souffle court, et s'assit près de l'autel. Elle regarda le Christ en croix, demanda pardon et fut au confessionnal.

Le curé n'était pas encore là, mais, voyant que quelqu'un occupait l'isoloir, il y entra à son tour, montrant son beau profil. Voulait-on se confesser ?

Ne me demandez pas d'où lui vint ce courage, mais elle lui demanda si c'était pécher que d'aimer quelqu'un qu'il était impossible d'aimer. L'amour était la plus belle chose qui fût, répondit l'homme. Elle était tombée follement amoureuse de quelqu'un qu'elle ne pouvait aimer. Il répondit que tout, dans la vie, trouvait une solution. Pas dans son cas. Elle aimait quelqu'un que sa religion lui interdisait d'aimer. Le curé trouva la confession étrange.

Il lui demanda ce qu'il y avait de si coupable, de si condamnable dans son sentiment. Il semblait troublé : qu'y avait-il donc d'interdit dans cet amour ? C'était comme ça. Il insista : peut-être son amour n'était-il pas vraiment impur. Il suffisait peut-être qu'elle s'en remît à la bonté de Dieu, qu'elle sût en recueillir l'absolution.

Elle se mit à sangloter. Elle était la pire des pécheresses, elle préférait mourir : son péché était immense. L'homme se tut quelques instants puis : «De quel amour es-tu donc coupable? Peut-être n'est-il pas si terrible. Tu es amoureuse d'un homme marié?» Je ne sais pas, je crois, oui. C'était chose commune, lui dit le prêtre, c'était de tout temps. Dieu lui pardonnerait si elle consentait à ne plus voir son amant.

Ils ne s'étaient vus qu'une fois, dit-elle, à l'église. Il suffisait qu'elle mît fin à la relation, qu'elle priât beaucoup et tout irait bien. Jésus lui pardonnerait comme il pardonne à tous les pécheurs qui se repentent. Elle rassembla ses forces : celui qu'elle aimait n'était pas marié à une femme, mais... à Dieu!

Il se tut. Elle percevait le désordre de sa respiration. Pourtant, il ne mit pas un terme à la confession. «Il me veut aussi!», pensa-t-elle. Elle s'approcha de la grille : «mon Père, je suis la juive que vous avez rencontrée il y a quelques jours après la messe, celle qui est venue avec son amie.» Il garda le silence. Il demeura ainsi silencieux pendant un long moment.

La voix tremblante, le prêtre mit fin à la confession. Elle se remit à pleurer : «reste, je t'en prie». Il n'avait pas le droit de lui céder, il était l'époux du Seigneur. Souvent, on pensait aimer un prêtre, mais ce n'était là qu'illusion. Elle nia avec force, en sanglotant, que ce fût son cas.

Elle l'aimait, elle l'aimait follement, elle savait que c'était une folie, mais elle l'aimait comme elle n'avait jamais aimé. Il l'enjoignit de se calmer, de rentrer chez elle et de bien réfléchir. Il ne se pouvait que ses sentiments fussent authentiques. Il quitta l'isoloir et s'en fut à pas pressés vers la sacristie.

Elle resta là quelques moments encore puis sortit.

Je ne sais comment elle fit pour ne pas se faire écraser dans l'avenue. Elle allait tout droit sans regarder. Elle se sentait la dernière des dernières, elle n'était que honte et sentiment de ridicule. Elle s'enferma dans sa chambre et se mit au lit. Elle s'y retournait sans trêve. Elle finit néanmoins par trouver le sommeil.

Pendant deux semaines, elle ne vit personne, elle resta claquemurée chez elle.

Il lui fallait prendre conseil, mais à qui se fier ?

Le rabbin ? impossible : elle serait expulsée de la communauté. Sa mère ? Impossible, elle était malade et la nouvelle l'achèverait. Une amie ? Elle n'avait confiance en aucune d'entre elles. Personne ne garderait son secret, au contraire : on jaserait. La décision lui revenait, elle n'avait pas le choix.

Des nuits de torture passèrent puis, un beau matin, elle se leva à la première heure, but un café et s'en fut travailler.

Après le déjeuner, elle alla à l'église, sans son châle, cheveux au vent, en son beau naturel. Elle entra et demanda où était le curé. Il était dans une salle du fond, dit un sacristain : il dressait la liste des invités de la kermesse de la semaine suivante.

Elle frappa à la porte : on la pria d'entrer.

Quand il la vit, il pâlit et demeura coi. Elle avait repensé à ses sentiments : c'était de l'amour, oui, du vrai amour, qu'il fût condamnable ou pas. À sa grande surprise, le prêtre lui avoua que son courage l'impressionnait. Il n'avait jamais rencontré être plus courageux. Elle lui demanda de lui accorder une faveur : elle voulait assister à la messe, y assister comme la plus fervente des catholiques. Elle le pria de bien vouloir qu'ils restassent seul à seul quelques instants dans la pièce.

Une heure plus tard, chacun s'en fut de son côté. Le prête alla fourbir les chandeliers, elle sortit en hâte de l'église. Tous deux semblaient en paix. Sur le chemin du retour, elle baisa le crucifix que le prêtre lui avait offert et remercia Dieu pour sa bonté.

Les mois suivants, elle fut à l'église presque chaque jour. Le temps passant, elle se mit même à prêter la main à l'organisation du culte. Personne ne lui demanda jamais si elle était catholique : c'était l'une des âmes les plus ardentes de la paroisse.

Apparemment, le prêtre était ravi de ses services.

Un jour, une vieille veuve aigrie lui demanda si elle n'avait pas honte de flirter avec le curé, elle, une juive de bonne famille. Elle la traita de salope et la gifla en public.

Les cancans commencèrent à prendre une telle ampleur qu'elle dut déménager et changer de quartier. Elle s'installa au sud de la ville, où elle ne connaissait personne, et cessa de fréquenter l'église. Elle écrivit au prêtre pour lui confier les avanies qu'elle avait dû subir. Il lui répondit de tenir bon. Elle retourna à l'église où elle se mit à préparer les offices et à faire un peu de ménage. Il l'observait avec fierté.

Parfois, ils se retrouvaient seuls dans la sacristie. Un jour, il lui prit la main et lui avoua qu'il était fier d'elle et que Jésus la protégerait. On disait qu'ils se voyaient secrètement. Elle lui apportait des choses dans du papier journal. Des gâteaux, son linge… ?

Leur relation se fit de plus en plus en plus intime. Ils se rencontraient à toute heure. Aux offices qu'elle ne manquait jamais, elle s'asseyait au premier rang.

On jasa de nouveau à Bom Fim : la fille de feu Israël et de Judith, qui était malade, flirtait avec le curé, quel scandale !

Quand il sut qu'on le disait l'amant d'une juive, le prêtre fut désespéré et menaça d'abandonner son sacerdoce. Il parlait de suicide. On disait que le cardinal avait dû intervenir. On frisa le scandale, mais l'affaire fut étouffée.

De son côté, un jour qu'elle venait rendre visite à sa mère, la juive trouva devant l'hospice le rabbin qui l'y attendait. Une amie de maman tenait d'une amie qui travaillait à la fois chez elle et à l'hospice, Rachel, quelques détails sur la conversation que l'amoureuse et le rabbin avaient eue à huis clos : elle avait entendu les éclats de voix du rabbin. La juive était sortie en pleurant.

On dit que la romance s'interrompit là. Le prêtre fut envoyé dans le nord de l'État. Pour sa part, elle évita désormais avec soin de passer par Bom Fim.

Maman ne me concéda pas un détail supplémentaire sur l'histoire de la juive et du prêtre.

« Vérité ou fantasme ? » me demandais-je parfois…

À la fin de la cérémonie d'enterrement de

maman, je vis une vieille dame et son auxiliaire de vie qui attendaient le taxi. Je leur proposai de les raccompagner en voiture. C'était une très gentille dame de quelque quatre-vingt-dix ans.

Quand elle se présenta à moi comme «Rachel», une amie de maman qui faisait comme elle partie des «pionnières sociales», je me rappelai aussitôt l'aventure de la juive et du prêtre. La dame n'était autre que celle qui avait entendu, à travers une porte de l'hospice, des bribes de la conversation entre l'amoureuse coupable et le rabbin.

«Votre mère était une femme épatante», me dit-elle à la porte de son immeuble de la rue Fernandes Vieira de Bom Fim en me prenant la main : «elle savait garder les secrets, pas moi...»

Elle me confia qu'à l'occasion d'une visite qu'elle avait rendue à maman, cette dernière lui avait dit que j'insistais pour tout savoir des amours du prêtre et de la juive. Elle m'aurait bien tout raconté, mais parler comme ça, sur un pas de porte, de l'intimité des gens...

Elle me demanda de l'attendre là : elle avait quelque chose pour moi.

Elle revint et me tendit une vieille enveloppe en kraft : «tenez». Elle sourit et prit congé, me saluant de la main derrière la grille d'entrée.

L'enveloppe contenait des articles soigneusement découpés et pliés sur les «pionnières sociales», un groupe de femmes qui venaient en aide aux plus déshérités de la banlieue de Porto Alegre. J'abandonnai l'enveloppe dans un tiroir et poursuivis mon train-train.

La vie finit toujours par avoir raison de nos curiosités. Je finis par renoncer à connaître la fin de l'histoire de la juive et du prêtre. Maman était morte, ma grand-mère l'avait précédée dans la tombe : cela suffisait. Elles avaient peut-être raison : il y a peut-être des secrets qu'on doit laisser le temps lever à son heure, au moment où l'on peut affronter les révélations avec la sollicitude nécessaire.

Un secret, disait maman, est comme une momie qu'on découvre un jour dans un jardin. Quand on retire les bandelettes, ce qu'on trouve, c'est un être à qui l'on peut pardonner, parce qu'il n'en reste au fond que la quintessence humaine, débarrassée des oripeaux des fautes et des erreurs de son passage sur terre.

Selon maman, il se peut qu'on trouve, là-bas sous les pyramides, des êtres dont les fautes furent impardonnables en leur temps; chaque momie découverte dans les sables de désert par un archéologue en quête du sarcophage de tel pharaon peut bien porter sur soi les signes d'une faute, altérés par le temps, mais elle nous rappelle que l'humanité, ses fourvoiements terrestres effacés, demeure une : passionnée, fragile, souffrante.

Avec le temps, j'ai fini par comprendre que maman et grand-mère avaient raison ; il faut respecter les secrets d'autrui. Peut-être la juive et le prêtre s'étaient-ils aimés à la mauvaise époque : le jugement porté sur cet amour devait attendre que le long temps fît son œuvre et le révélât dans sa pureté, pour revêtir quelque pertinence.

Le temps est généreux, c'est que nous enseignent les momies : il nous fait revenir à l'essence de ce qu'est un homme et oublier les contingences parfois coupables de son existence.

Le lecteur me croira ou pas : il y a quelques mois, j'ai retrouvé l'enveloppe en kraft en faisant du rangement.

J'allais la jeter quand je décidai, allez savoir pourquoi, peut-être parce que maman me manquait, de l'ouvrir. Au milieu des articles consacrés aux « pionnières sociales », j'en découvris un, traitant d'un autre sujet, qui occupait presque toute une page.

C'était un reportage de décembre 1969 qui relatait les actes de résistance d'une cellule communiste qui cachait des étudiants recherchés par la police. Parmi ces résistants au régime militaire figurait un prêtre qui avait caché de nombreux militants dans son église sous la terreur exercée par le général Emílio Garrastazu Médicin, disait l'article. Deux noms y avaient été soulignés en bleu au crayon d'une main tremblante : celui du prêtre en question, notre prêtre de Bom Fim, et celui de la juive qui s'en était éprise. J'en demeurai pétrifié. Un vortex d'images envahit mon esprit : « Quel courage avait eu ce prêtre ! Et la juive, ne l'avait-elle pas aidé, en fréquentant son église, à accomplir sa juste mission politique ? »

Je ne sais plus très exactement ce que maman m'avait raconté, je ne sais si j'ai inventé de toutes pièces ce que j'ai écrit : comment savoir ce qui eut lieu, comment savoir, n'est-ce pas ?

Comment savoir ?

MONSIEUR RUDY

Nous étions en août 2023. La ville de São Leopoldo vivait la pire inondation qu'elle eût subie depuis les années 1980. Le maire convoqua un conseil de crise. Le débordement du lit du Rio dos Sinos menaçait la ville. On avait évacué environ cinquante familles. Il s'agissait d'unir les efforts de la protection civile, des pompiers, de l'assistance sociale, de la santé publique, et d'effectuer un audit des dégâts. On était au bord de la situation d'urgence : de nombreux quartiers étaient privés d'eau courante.

Les écoles étaient fermées ; le pont 25 de Julho, œuvre du Belge Pierre Alphonse Malbide, ingénieur, journaliste, anthropologue et conseiller municipal de la ville, le plus ancien édifice de la ville, qui se trouvait en face de l'église de la Matriz, dont le nom rappelle l'arrivée des Allemands dans notre

État en 1824, et qui relie zones nord et sud de la

cité, était hors d'usage. Soit dit en passant, Mon amie Maria Beatriz Kother, ancienne directrice du patrimoine de l'État, affirmait que ce pont était le plus vieil ouvrage d'art classé du Rio Grande do Sul.

Ma secrétaire interrompit le cours que je donnais à l'Hospital das Clinicas de Porto Alegre : j'avais un appel du docteur Marcus Reimer. Je connaissais fort bien ce patronyme. Le médecin se présenta à moi comme le secrétaire à la santé de São Leopoldo. Il me demandait de l'assister pour le transfert des victimes en état grave de l'inondation.

Les patients venaient d'un des quartiers les plus pauvres de la ville et il n'y avait plus de lits libres dans les hôpitaux de la région. Je ferais le nécessaire pour l'aider.

Je contactai notre secteur de pédiatrie qui accueillit, moins de deux heures plus tard, deux petites filles présentant une infection intestinale sévère.

Je rentrai déjeuner. Vers deux heures de l'après-midi, Reimer me rappela pour me remercier. C'était le b.a.-ba du métier, lui répondis-je :

nous avions tous prêté le serment d'Hippocrate et nous devions nous entraider, quelles que fussent nos spécialités. Reimer acquiesça : nous étions de ceux qui appliquaient à la lettre notre serment. Je lui demandai quand il avait terminé ses études. « En 1972 », me dit-il. Je les avais terminées en 1979, quant à moi. Nous étions tous deux des impétrants de l'Université fédérale.

Pourquoi m'avait-il sollicité, moi, un oncologue ? Parce que nos pères étaient très amis. C'était exact. Des images me revinrent : celles du magasin de monsieur Reimer, le père de Marcus, l'un des plus chics de São Leopoldo, dont la façade était constituée de deux immenses vitrines élégamment décorées et éclairées.

La chaussée qui y menait présentait ces jolies mosaïques noires et blanches typiquement brésiliennes.

L'entrée du magasin était imposante. Une moquette rouge, grise et marine l'annonçait et s'y étendait par tout le sol. Deux mannequins soigneusement mis encadraient l'entrée, une pochette blanche finement pliée dans la poche de la poitrine de leur joli costume marine, marron ou anthracite, cravatés, chapeautés, chaussés de frais. On ajoutait à leur mise un manteau, l'hiver : pied-de-poule ou à carreaux, avec des rayures, invariablement assorti à la couleur des costumes. Ils rappelaient les acteurs des films européens qui passaient à la télévision.

L'aménagement intérieur du magasin avait des airs d'Europe. Sur les bois les plus rares, les nombreux modèles de vêtements et de souliers, extrêmement variés et tous également élégants, de bon goût, étaient scrupuleusement et intelligemment classés. Les employés étaient remarquablement vêtus et formés : le chaland bénéficiait du plus grand soin, chez Reimer.

On vendait de tout, chez lui : il n'avait de cesse de rappeler que la tenue de son magasin était inspirée par les meilleures adresses de Munich, Düsseldorf et Francfort.

Il se trouvait dans l'avenue principale de São Leopoldo, entre un disquaire dernier cri et une pâtisserie traditionnelle. À leurs pauses, il n'était pas rare d'y croiser les employés devant un café ou une part de tarte, seuls ou en compagnie.

Au-dessus de la vitrine centrale, une enseigne indiquait «*Maison Reimer, mode masculine*», qui illuminait de ses énormes caractères en néon rouge tout le voisinage, la nuit, et que nous observions depuis la chambre de l'hôtel où nous descendions toujours, mon père et moi. Papa, négociant en tissu et en confection de luxe, était en affaires avec nombre de négoces, dont Reimer, justement. Je l'accompagnais souvent durant ses voyages d'affaires en province.

C'était très amusant et ça me permettait de discuter plus intimement qu'en famille avec papa. Et puis j'aimais le voir conduire ses négociations et constater en quel respect le tenaient ses clients. Il quittait rarement une boutique sans y avoir conclu quelque affaire. Toute une galerie de portraits romanesques, tout un nuancier psychologique, toute une «comédie humaine», se présentait à moi en ces occasions. Les gens les plus réservés, timides, finissaient souvent par exprimer telle sensibilité au contact de mon père : je le constatais au tremblement d'une lèvre, au mouvement impromptu d'une main.

Mon père savait si bien s'y prendre qu'ils finissaient par devenir presque volubiles, parfois même par plaisanter avec lui.

D'autres interlocuteurs étaient naturellement liants, heureux de faire ce qu'ils faisaient : tout problème, à leurs yeux, avait sa solution.

J'éprouvais une peine secrète pour une jeune femme qui possédait une boutique à Novo Hamburgo. Elle était fort bien faite, avait de jolis yeux verts, sa bouche était merveilleusement dessinée. Pourtant, son visage exprimait une grande tristesse. J'en étais peut-être amoureux... certes, je l'étais. Son mari était rarement présent à la boutique. Il semblait à mon père qu'il la traitait avec une certaine brutalité. Quoi qu'il en fût, elle semblait ailleurs, elle semblait vivre où elle s'imaginait heureuse, loin de chez soi...

Mon père me confia un jour qu'elle lui semblait fort malheureuse. Comme il était entré un jour sans crier gare dans son bureau pour lui apporter des factures, il l'y avait surprise en larmes... Elle était malheureuse, mais... si belle! Me revient, à l'instant où j'écris, le fait qu'elle n'usait d'aucun maquillage... sa vie semblait en somme lui être un peu égale. Mais elle était belle, belle tout simplement.

Une chose était obvie : mon père et Rudy Reimer s'entendaient comme larrons en foire ; Il était patent qu'ils adoraient se retrouver. Papa était heureux de se rendre chez Rudy, quelles que fussent les circonstances, et dès qu'il voyait apparaître papa, Rudy se levait de sa chaise et le saluait à haute voix. Ils s'étreignaient longuement.

Rudy était un homme d'une soixantaine d'années, grand et élancé, les cheveux bien peignés, la moustache ben soignée : il avait l'apparence d'un officier. Son après-rasage fleurait bon. Il portait toujours un gilet de couleur sobre dont les boutons dorés ou argentés me fascinaient. Il portait des cravates de confection étrangères d'une extrême élégance dont papa, qui se tenait pour un spécialiste de la cravate, assurait qu'elles étaient nouées façon «demi-Windsor», un nœud fait pour les cravates épaisses.

Le nœud Windsor était fait pour des cravates plus larges faites pour des costumes plus amples, de style italien. Quoi qu'il en fût, les cravates de Rudy ne ressemblaient pas à celles qu'on croisait habituellement dans les boutiques du coin. De ses chemises, aussi, l'on pouvait s'entretenir longuement : elles étaient bleu ciel, leur col était amidonné, elles étaient toujours impeccablement repassées, le cours des journées n'y faisait rien. Mais ce qui me plaisait le plus, c'était la secrétaire ambulante en quoi consistait sa montre à gousset, qu'il consultait en permanence.

Tous les clients de mon père le traitaient avec égards. Mais Rudy, c'était encore autre chose : il ne mesurait pas ses efforts pour manifester la tendresse distinguée qu'il avait pour lui et lui adressait tous les compliments imaginables; il demandait des nouvelles de cette famille dont papa lui avait montré les photos.

Quand j'allais dans son magasin, il m'accueillait toujours avec un large sourire. Il disait que j'avais les yeux de quelqu'un qui tramait quelque chose. Il me demandait ce que je voulais faire quand je serais grand. «Médecin ou scientifique», répondais-je invariablement. C'était un excellent choix, commentait-il, hilare : ça menait à tout.

Bientôt apparaissant son épouse Hilda qui me conduisait, via le fond du magasin, vers leur résidence qui y attenait. Là, elle me servait un chocolat au lait tiède comme on n'en buvait certes pas à Porto Alegre : sa recette, c'était son petit secret.

Le chocolat était accompagné de biscuits maison, nature ou à la cannelle, servis dans une petite assiette de porcelaine blanche issue d'un service ancien exposé sur un buffet de la salle à manger. Puis elle me guidait dans la petite salle de lecture afin que je m'amusasse en attendant que papa et Rudy eussent terminé de travailler : c'est dans cette salle de lecture que je découvris Gœthe.

Je me souviens que je demandai à maman de me traduire le titre du volume de Gœthe que j'avais vu là-bas. C'était *Les Souffrances du jeune Werther*, que je lirais des années plus tard. De Gœthe, le professeur Paulo Simões m'enjoignit un jour, si je voulais bien connaître l'auteur, de lire le *Faust*.

Les deux époux Reimer étaient issus de l'immigration allemande qui s'était établie au Brésil au début du XIXe siècle, suite à l'ouverture des frontières du Brésil à l'immigration : il fallait y peupler les vastes étendues désertiques du pays. Les régions les moins accidentées en avaient été colonisées, dès les premiers siècles qui suivirent la découverte du Brésil, par des pionniers.

Mais les plus difficiles d'accès était toujours désertes. On stimula l'immigration. Il s'agissait de créer des colonies agricoles pour favoriser l'émergence d'une classe moyenne, favoriser le marché intérieur, diversifier l'économie, jusqu'alors essentiellement agraire, et de faire comprendre à la population que l'esclavage n'était pas le seul facteur de croissance. Et puis cette immigration était susceptible d'abonder les rangs d'une armée brésilienne encore étique.

Les peuples germaniques — « l'Allemagne » fut créée bien plus tard, en 1871, grâce à Bismarck — se virent offrir toutes sortes de privilèges par la monarchie brésilienne. Il ne lui fut pas difficile d'attirer au Brésil une population qui se voyait massivement plongée dans le chômage et la misère d'un salariat dérisoire par l'entrée dans l'ère technologique.

Les Germains se voyaient offrir un lopin de terre, la nationalité brésilienne, la liberté de croyance et une exemption d'impôt de dix ans. L'argent qu'ils recevaient à leur entrée couvrait largement les dépenses de leur famille pendant la première année et demie de leur séjour.

Les premiers immigrants arrivèrent en 1824 et s'établirent sur les rives du Rio dos Sinos, dans la colonie de São Leopoldo, à proximité de Porto Alegre. C'étaient surtout des artisans, des agriculteurs et des soldats. Entre 1824 et 1845, les deux tiers de l'effectif étaient constitués d'artisans qui travaillaient dans la métallurgie, le textile et le commerce.

Dès les premières années de leur présence, les artisans, en provenance des provinces de ce qui n'était donc pas encore l'Allemagne, prospéraient et leurs salaires étaient de loin supérieurs à ceux des Brésiliens. La population germanique représentait déjà 15 % de la population globale. Un cinquième de cette population travaillait dans le secteur privé. Quelques décennies plus tard, ils avaient créé des fabriques et des usines dans la région, Gerdau, Oderick, Renner, etc. Novo Hamburgo était par exemple devenue la Mecque brésilienne de la chaussure !

Comme je l'ai déjà dit, dans les années 1970, Reimer vendait ce qu'il y avait de mieux en matière de mode masculine. Sa chalandise était la plus huppée de la région. C'est Rudy lui-même qui sélectionnait les produits avec son aînée. Papa présentait ses modèles sur un grand comptoir qui se trouvait dans un angle du magasin. Mais, quand un client débarquait, Rudy lui demandait pardon et allait recevoir le client en personne. Le professionnalisme avec lequel l'ami de papa accueillait la clientèle ne m'échappait pas. Il était d'une immarcescible délicatesse avec elle.

Même quand les clients présents faisaient la moue, Rudy faisait toujours en sorte de prendre quelque chose à papa.

Un jour, retour d'un déplacement en province, papa demanda à maman de le suivre dans la chambre : il devait lui raconter quelque chose…

Il avait été voir Rudy. Celui-ci l'avait accueilli comme à l'ordinaire, l'invitant à goûter avec sa femme. Il l'avait interrogé sur son travail et ses projets et sur des tas de détails touchant à notre vie familiale. Il voulait tout savoir sur tout : comment allaient les enfants, où allaient-ils à l'école, comment était la famille de maman, de quelle région d'Europe étions-nous originaires. Papa trouva le tour que prenait la conversation un peu étrange, mais il interpréta l'interrogatoire de Rudy comme une marque d'affection. Hilda interrompit le dialogue en indiquant qu'il était temps de fermer. Le baisser du rideau incombait à Rudy : il demanda à mon père d'attendre qu'il eût fini de s'acquitter de cette tâche.

Ils se retrouvèrent bientôt seul à seul dans la pénombre du magasin fermé et échangèrent des banalités.

Papa parla vacances, projets d'installation à São Paulo où on lui avait proposé un emploi. Rudy lui donna quelques avis et se mit à parler d'Hilda et de sa progéniture dont l'aîné, Marcus, voulait faire médecine.

Rudi demanda à Hilda de préparer le diner et invita papa. Il fut excellemment traité : «*himmel und Erde*», choucroute, «*bratkartoffeln*», le tout accompagné de bière brune et, en guise de dessert, un excellent formage colonial aux arômes de patate douce et de mélasse... Avant de prendre congé, Hilda disposa sur la table une cafetière, une théière et un service à café peint à la main, un des plus beaux que papa eût jamais vus.

Rudy et papa conversèrent longuement. À un moment, son ami lui demanda si nous suivons les prescriptions du judaïsme. «Bien peu», lui répondit-il : nous étions presque des hérétiques. Rudy éclata d'un bon rire !

Papa fut surpris de ce que son hôte en sût autant

sur les pratiques rituelles de notre communauté. Rien de surprenant : il connaissait nombre de juifs allemands qui avaient immigré dans notre État. Il avait vu se construire la « *Sibra* », la synagogue allemande de Porto Alegre, il avait connu monsieur Kurt Weil, arrivé dans les années 1930.

Il avait aidé beaucoup de juifs allemands à régulariser leurs titres de séjour.

Rudy fit à mon père le récit détaillé de l'arrivée des juifs allemands chez nous. Il rappela la mémoire de Walter Silber, le fameux pédiatre, et évoqua la famille de Max Stobetzki, la première qui avait foulé le sol de sa ville et que son frère aîné avait fréquentée.

Au début, l'intégration des juifs allemands fut problématique. Ils furent certes aidés par les Polonais et les Russes qui s'étaient déjà installés là, mais les juifs d'Allemagne ne parlaient pas yiddish : c'était un sérieux écueil.

Le groupe s'étoffa lorsque des exilés qui fuyaient le nazisme se joignirent aux autres, en 1934 et surtout en 1936. Les rassemblements festifs et religieux se multiplièrent, presque toujours chez Max Stobetzki.

Le fait que la langue allemande fût d'usage courant dans la région contribua à la formation d'une large communauté et encouragea l'immigration ultérieure.

Aucun doute : Rudy maîtrisait son sujet.

On envoyait d'Allemagne aux fidèles juifs des livres de prière. Dans la Sibra, fondée en août 1936, on priait et on chantait en allemand, on jouait aux cartes, on donnait des spectacles, on pratiquait toutes sortes d'activités.

Rudy s'y était lié d'amitié avec Herbert Moritz Caro, un juif allemand, traducteur, essayiste et critique d'art. Caro fut naturalisé et s'établit à Porto Alegre. «Ah, Herbert Caro, Herbert Caro...» répétait Rudy, perdu dans ses pensées.

À la fin des années 1930, Caro travaillait pour les éditions Globo et pour le quotidien *Correio do Povo*. Il devint l'un des principaux traducteurs d'œuvres de langue allemande. Il venait d'une importante famille juive de Berlin. Son père était un grand avocat, sa mère une chanteuse lyrique. Leur maison était un important point de rencontre pour les artistes berlinois.

Herbert était diplômé de la faculté de droit de l'Université d'Heidelberg, il avait aussi été un grand sportif, membre de l'équipe nationale de ping-pong puis, même, président de la fédération allemande de ce sport.

En 1933, il commença à subir les persécutions nazies. Il s'en fut d'abord en France où il étudia les langues anciennes puis finit par émigrer au Brésil après avoir reçu une lettre d'un cousin qui y vantait les conditions de travail en vigueur chez nous. Caro et sa femme Nina arrivèrent à Porto Alegre vers 1935.

Il dominait déjà le portugais. Nina, pour sa part, était une femme cultivée qui devint vite professeur. Lui fut un temps représentant. Mais en 1938, il fut engagé par les éditions Globo au sein desquelles il fut un compagnon de route d'Erico Verissimo et de Mario Quintana, à l'époque dorée de la maison d'édition. Il travailla par la suite comme responsable du secteur international de la plus importante librairie de Porto Alegre, la « *livraria cultura* ».

Vers 1960, il devint directeur du Goethe-institut où il travailla jusqu'à sa mort, au début des années 1990. Rudy et Hilda participèrent à la cérémonie.

Les larmes aux yeux, Rudy rappela que Caro avait créé, dans le *Correio do povo*, une rubrique consacrée à la musique classique, une merveille...

Il fut le traducteur au Brésil de nombreux chefs-d'œuvre allemands, *La Montagne magique*, *Faust*...

Quoiqu'il ne fût pas pratiquant, il avait vite été rappelé à ses origines par Hitler.

On avait sauvé du nazisme de nombreux objets sacrés dont il fut fait don à la Sigra.

Une ancienne Torah fut offerte à la communauté par un certain Emil Bendheim. Un « shofar » par Siegfried Weil. Un « shofar ? », l'interrompit papa, surpris de l'excellence de sa prononciation du nom de cet instrument à vent sacré qu'on mentionne déjà dans la Bible, au moment où Moïse rapporte du Sinaï les Tables de la loi, par exemple, et qui rappelle aux fidèles les obligations du culte.

Le mot « *shofar* » était un shibboleth…

L'instrument est taillé dans la corne d'un animal casher, un agneau, par exemple, ni une vache ni un taureau, à cause du veau d'or. Le rabbin Maïmonide rappelle que la note tenue du shofar qui clôt une cérémonie représente l'absolution de Dieu.

Tant de savoir, venant d'un Allemand de confession protestante, ébahit mon père.

Les juifs d'Allemagne pratiquaient leur culte chez eux et ne fréquentaient pas les synagogues des Polonais, des Russes et des Lituaniens, jusqu'à la construction de la Sibra.

Quand Vargas rejoignit le camp fasciste, tout changea : les juifs furent contraints de s'assimiler, d'adopter le mode de vie et la langue de leurs hôtes Brésiliens, en somme de disparaître.

La peur était de retour.

En 1937, le gouvernement brésilien mit fin à l'immigration juive, défendue à Brasilia par l'avocat Miguel Weisfeld, né à Odessa.

Le vent tourna, le Brésil changeait de camp : on interdit l'usage de l'Allemand, on arrêta les « boches », on confisqua leurs biens ; on spolia même les juifs victimes du nazisme qui se trouvaient logés à la même enseigne que leurs anciens compatriotes.

La situation était absurde, la Sibra distribuait des cartes de membres pour que les autorités comprissent que les juifs allemands n'étaient pas des nazis.

Comme roulait la conversation, papa fut convaincu que Rudy avait vécu dans une étroite proximité avec la communauté des juifs allemands. Il ne pouvait en être autrement. C'était pourtant une sommité du protestantisme local...

« Rudy, blagua papa, vous en savez bien plus sur le judaïsme que moi ! »

Rudy se tint coi, il sortit un petit papier et y dessina quelque chose puis le tendit à mon père : c'était une menora, le candélabre qui symbolisait le buisson ardent du mont Sinaï...

Papa ne comprenait rien... ou plutôt il commençait à comprendre...

Rudy se leva et fit signe à papa de l'attendre, il revint avec un petit gousset de feutre vert dont il tira une étoile de David au bout d'une chaîne en or. Il était très ému, au bord des larmes. Il prit la main de mon père : «*senhor Simão, ich bin a id!*», «je suis juif», en yiddish.

Il pleura un peu et avoua à mon père que l'étoile était un cadeau reçu de sa mère à l'âge de treize ans. C'était un secret de famille, nul ne savait. Sa famille d'origine tchèque venait de Munich; un Gentil avait aidé la famille juive à émigrer.

Quand il eut treize ans, l'âge de sa bar-mitsvah, sa mère lui avoua tout. Elle lui donna l'étoile. Il la cacha dans le double fond d'une boîte à bijoux. L'étoile devait lui rappeler, sa vie durant, qui il était en vérité.

Sa femme, ses fils ni son entourage n'étaient au courant.

Ses ancêtres étaient les Kohn des Sudètes; ses grands-parents avaient émigré au Brésil depuis Munich au cœur d'une des vagues d'émigration juives-allemandes.

Mon père était sans voix.

Rudy avait eu beaucoup de mal à cacher son secret. Son père aussi, circoncis, qui faisait tous les efforts du monde pour que personne ne le vît dans le plus simple appareil.

Il fut néanmoins surpris à la sortie de la douche par Rudy à qui il expliqua ce qu'était la circoncision, lui demandant de ne rien dire.

Quand sa mère lui avait révélé son identité, il la connaissait déjà. Ses frères l'avaient évoquée et il voyait bien que son père entretenait des relations complices et refusait de se mêler aux chœurs antisémites quasi quotidiens.

Il s'était toujours comporté comme un Allemand exemplaire, un parfait protestant. Mais il confia à mon père que l'hésitation pathétique du régime brésilien entre axe et alliés l'avait particulièrement angoissé durant la Seconde Guerre.

Papa et Rudy discutèrent encore longtemps puis ils se séparèrent : mon père devait rentrer de bonne heure à Porto Alegre. Papa dit sa fierté d'avoir été le dépositaire du secret de Rudy. Il n'en ferait part à personne, sauf à sa tombe de femme, maman, si Rudy l'y autorisait.

Ils étaient devenus pour toujours de vrais amis. Ils n'évoquèrent plus jamais la question. Une tendresse extraordinaire les liait, désormais.

Quand Rudy mourut, mes parents furent à son enterrement. Hilda en fut extrêmement reconnaissante. Embrassant mon père, elle lui confia que feu son mari le considérait comme un frère. Papa répondit qu'il partageait ce sentiment fraternel. Il confia avec un sourire qu'ils avaient leurs « petits secrets de frangins ».

L'inondation de 2023 rappelait celle de 1940, qui avait martyrisé Porto Alegre.

C'est grâce à elle que j'avais connu le fils de Rudy, cet homme délicieux qui m'avait appris l'existence de Goethe.

Ah vraiment, ils étaient extraordinaires, ces voyages en province avec papa! Que de types humains n'y avais-je pas rencontrés!

Mais rien ne fut plus important pour moi que de pouvoir témoigner de l'amitié de papa et de monsieur Rudy.

Quand Marcus m'avait appelé, il ne se doutait pas une seconde que je gardais en moi, pour toujours, le secret de son amour de père.

Table des matières

LE DIBBOUK — 7

MADAME RIVKA — 31

MADAME MAIKE EST POSSÉDÉE — 39

LE FIANCE ARGENTIN — 67

PEMA JIGME — 91

TROIS DAMES FORT RESPECTABLES — 103

LE MYSTÈRE DU MIKVEH — 133

CARMEN — 149

CE QU'ENSEIGNENT LES MOMIES — 163

MONSIEUR RUDY — 181

Achevé en novembre 2023

Directrice des publications
Pascale Privey

Assistant de publication
Emmanuel Tugny

Graphisme d'après une idée de
Julien Vey — Atelier Belle lurette

Dépôt légal en novembre 2023

Imprimé et relié par
**BoD — Books on Demand,
In de Tarpen 42, Norderstedt (Allemagne)**
Impression à la demande

ISBN 978-2-494506-48-0

© 2023, **Ardavena Éditions**

www.ardavena.com